HILDA HILST

Tu não te moves de ti

Posfácio
Júlia de Carvalho Hansen

COMPANHIA DAS LETRAS

Copyright © 2022 by Daniel Bilenky Mora Fuentes

*Grafia atualizada segundo o Acordo Ortográfico da Língua Portuguesa de 1990,
que entrou em vigor no Brasil em 2009.*

Capa
Elisa von Randow

Imagem de capa
Cheminée, de Analu Araujo (2014), acrílica, vinílica e esmalte sobre tela,
190 × 108 cm. Coleção particular.
www.analu-araujo.squarespace.com

Foto da autora
Wilson Padovani/ Estadão Conteúdo

Revisão
Marina Nogueira
Erika Nogueira Vieira

*Os personagens e as situações desta obra são reais apenas no universo da ficção;
não se referem a pessoas e fatos concretos, e não emitem opinião sobre eles.*

Dados Internacionais de Catalogação na Publicação (CIP)
(Câmara Brasileira do Livro, SP, Brasil)

Hilst, Hilda, 1930-2004
Tu não te moves de ti / Hilda Hilst ; posfácio Júlia de Carvalho Hansen.
— 1ª ed. — São Paulo : Companhia das Letras, 2022.
ISBN 978-65-5921-130-2
1. Ficção brasileira I. Hansen, Júlia de Carvalho. II. Título.

22-123490   CDD-B869.3

Índice para catálogo sistemático:
1. Ficção : Literatura brasileira B869.3

Cibele Maria Dias – Bibliotecária – CRB-8/9427

[2022]
Todos os direitos desta edição reservados à
EDITORA SCHWARCZ S.A.
Rua Bandeira Paulista, 702, cj. 32
04532-002 — São Paulo — SP
Telefone: (11) 3707-3500
www.companhiadasletras.com.br
www.blogdacompanhia.com.br
facebook.com/companhiadasletras
instagram.com/companhiadasletras
twitter.com/cialetras

Sumário

TU NÃO TE MOVES DE TI, 9

———

Posfácio: Mover a margem do ser —
Júlia de Carvalho Hansen, 121

À *memória de meus mortos*
Avós Emília Vaz Cardoso
Domingos Vaz Cardoso
Maria do Carmo Ferraz
[de Almeida Prado
Eduardo Dubayelle Hilst

Pais Bedecilda Vaz Cardoso
Apolônio de Almeida Prado Hilst

Pra onde vão os trens meu pai?
Para Mahal, Tamí, para Camirí, espaços
no mapa, e depois o pai ria: também
pra lugar algum meu filho, tu podes
ir e ainda que se mova o trem
tu não te moves de ti.

TU NÃO TE MOVES DE TI

TADEU
(DA RAZÃO)

PORQUE UM ENORME FERVOR se aguça em mim, eu Tadeu, de
joelhos te peço que

OUVE, Rute, que me escutes: como se um rio grosso encharcasse os
juncos e eles mergulhassem no espírito das águas, como se tudo,
luta repouso dentro de mim se entranhasse, como se a pedra fosse
minha própria alma viva, assim minha vida, olho espiralado olhando
o mundo, volúpia de estar vivo, ouve Rute o que se passa quando os
meus olhos se abrem na manhã de gozo, (de desgosto, se repenso
o mundo) muito bem, Rute, esse olho me olhando agora é bem o
teu, já sei, te preocupas se fiz bem o discurso, claro, me saí como
sempre, as palavras estufadas, continuo no meu alto posto se é isso
o que te importa, oligopólio-impacto-dinamizado, até comedores
de excedentes eu usei, a água mineral perlada à minha frente

      Tadeu, a empresa é um corpo que precisa um dirigente,
vão notar a estria vermelha no teu olho, mandaste o Balanço para
os jornais? falavas na manhã   Na sôfrega manhã de

mim, no sol da minha hora, solda minha manhã, Vida, que esse fio de aço nunca se estilhace, liga-me ao teu nervo, OUVE, Rute, nunca fui esse que pretendes, nem nunca posso ser marido ou presidente de qualquer coisa, agora aos cinquenta as cordas que me ligavam à tua vida apodreceram, sou novo, olha ao redor e entende que nada dentro da casa é carne de mim, apenas as minhas pedras, aquelas de ágata, e a minha mesa e a enorme gaveta, os papéis os versos os desenhos, apenas essas coisas fazem parte do meu corpo novo   Dispenso o motorista? podemos estudar à noite teu primeiro relatório de política empresarial, tenho a minha parte nisso, por exemplo a taxa de crescimento, eu te dizia, Tadeu, que você minimizava a espantosa habilidade dos sócios fundadores, olha para mim, não é nada fácil, o meu amor de sempre, esta esperança: um dia sim Tadeu vai me tocar de novo, não é justo, o que há com as coisas? não são as mesmas? escolhemos os quadros a casa as jarras de prata, eu vivi inteira para o teu momento, vou buscar as compressas, quem sabe um colírio, pare de esfregar os olhos, não está bem limpa a vidraça, não te assustes, vê-se mesmo embaçado o lá de fora   Que horas são, Rute?
Nove. dispenso o motorista?
Subo as escadas, o corrimão gelado, os degraus largos, volto-me. Te amei. As falanges pequeninas me alisando a cara, mas tudo se pulveriza, pulverizar a empresa, a cara de todos bufolamente parda, mas senhor diretor doutor presidente excelência agora que chegamos à maximização do lucro, o lucro nervo-núcleo da empresa, excelentíssimo senhor Tadeu, um momento, alguma coisa aqui de beber para as nossas coronárias, o senhor disse que vai viajar durante um tempo? Estilete de luz pousando no Ativo

e no Passivo, dez horas da manhã reunião da diretoria, as caras ainda pardacentas, as mandíbulas caídas, alguns balbucios, eu estufando de vida e querendo discursar pausadamente comecei: Senhores faz-se necessário e premente que continuem a existir sem o meu corpo presente, não estou aqui, na verdade nunca estive aqui, jamais tornarei a estar aqui. Sorriram. Pensam que repito bizarrias matinais de executivos. O rapaz dos copos e da água mineral também sorriu. Rute agora também sorri. Caminho, a ponta dos pés na passadeira da escada, vou subindo desenho sinuoso e colorido, quantas vezes subindo ponta dos pés tocando os caixilhos dourados, o corredor marmóreo o banco de convento

claro, Rute, evidente que é uma peça rara, e essa estupenda samambaia, o coração pulsando, uma extrassístole derepente   Tadeu, tome beladenal, eu sendo teu médico e teu amigo faço uma sugestão: pare de olhar a vida com esse jeito assombrado, o que é que andas vendo que o pessoal não vê? A porta do meu quarto. A primeira vez que nos deitamos ali, Rute, (tínhamos um comovente passado?) um comovido presente, Tadeu junto de ti, homem convencional, a Causa acima de tudo. O que é a Causa? A empresa. Um passional da ideia. Que ideia? A empresa. Comovidos comoventes todos esses anos, o suco de laranja as torradas o sol batendo na imensa vidraça, Tadeu é reflexão postura, tiro os sapatos, caminho até o terraço do quarto, que coisa é essa em mim que aspira esse fulgor da noite, que coisa é mais que demasia em mim? Já vi outras vezes a mesma lua e no entanto isso vivo amarelo brilhoso redondo sobre a casa é   outra lua como se fosse esforço de ser Tadeu suspenso sobre a casa. O que há com as coisas? Não são as mesmas? Não,

Rute, uma coisa em mim, atenta, vê mais luz, de início é como se fosse uma névoa corroendo, por isso é que te pergunto sempre, limparam as vidraças? limparam os porta-retratos? Sépia sobre as nossas caras, véu devagar se diluindo, ainda não te vejo, o crepe do teu vestido pousando no meu braço, ventava, a flor diminuta dos limoeiros salpicava os sapatos, pedimos a alguém que passava por favor, pode nos tirar um retrato? é que a tarde está linda, é só apertar aqui. Rias porque tudo era cheiro e transparência e o meu toque era vermelho sobre a tua vida, factível de repente perguntaste, o que é factível, Tadeu? Por quê? Porque vi nos teus papéis assim: factível sim uma pirâmide solar sustentando a vida. Que pode ser feito, Rute. Não há mais névoa agora, há fatos e retratos, quando pensavas que víamos juntos as mesmas coisas não era verdade, que os fatos as coisas os retratos o verde o branco coalhado da flor dos limoeiros estava ali à nossa frente e víamos tudo isso com o mesmo olho, ah, nada nada, não víamos, teu limite é distante do meu, as descobertas não serão jamais as mesmas, sofro de sofreguidão, vejo através, difícil dizer aos outros que estou sofrendo de vida, que nunca mais vou morrer porque me incorporei à vida, não é que não te ame mais, mas devo ir, direi assim? Trinta anos, Tadeu, ela vai dizer trinta anos, ou se Rute dissesse nova: olha, pegaremos um barco, um navio, e tudo vai mudar, sem perceberes roubas a paisagem à tua frente e ela se engasta lá no teu de dentro e ficas novo sem deixares de ser esse Tadeu, o outro, a calma daquelas águas, as mais fundas, e a mesma volúpia há de voltar, quantas vezes me disseste que a vida se fazia em ti quando me tocavas, toca-me neste instante, sou a mesma, é porque envelheci que não me tocas? Se ela dissesse, mas ainda não seria isso. Se eu dissesse a verdade, a minha: Uma coisa viva rubra aquosa fez-se aqui dentro, Rute, aqui no peito. Sorriria. A mão sobre a nuca, ajeitando a fivela nos cabelos: isso é poesia. Verdade, Rute. Como se o ar de fora nunca cintilasse, como se tu visses a vida escorrer sempre através do vidro, vidraça cheia de dedos estigma das tuas falanges na vidraça, inútil não querer insistir nas diferenças, diferenciados tu e eu, eu e o outro, eu e a empresa, blocos nítidos e separados

quando eu morrer cobre-me a cara com as minhas

pedras de ágata

cobre-me o corpo de papéis e o duro das palavras

enfia-me na grande gaveta da minha mesa

Rotina imunda esfarelando o que eu pensava que seria definitiva cintilância, como é que eu posso amar o outro se eu sou o funil mais fundo, o comprido buraco fervilhando de negras espirais de jade, levanto-me, tudo está posto, composto, o roupão de flanela, o marrom de tecido fosco nas beiradas, sento-me um pouco na poltrona cor de ouro, semiobscuridade do quarto, cheiro de linho lavado, tudo limpo-Rute, não há manchas nos lençóis esticados imaculados,

Tenho mania de roupas brancas, Tadeu, que magnífica simetria nos nossos armários, incrível tocar nos estufados rolos brancos.

Semiobscuridade do quarto, uma tarde estarei aqui, na cama, uma noite, na manhã (quando?) estarei aqui em agonia, suor e urina encharcando os linhos da ilha, imaculados estarão os lençóis sobre as prateleiras, dentro do armário a ordem e ramos de alecrim

O que é que você põe nos lençóis, Rute?

Dentro do armário uma incorruptível seriedade, Tadeu impoluto alguém te disse, quem? ah, sim, aquela mulher absurdamente viva, um dia no bar entre os sócios fundadores aqueles que Rute dizia que eu minimizava a espantosa habilidade. Bizarra amiga- -mulher, a do bar, onde agora? ela me olhava como se soubesse de mim, que eu ali no bar empresa sócios fundadores estertorava de tédio de horror, daqui a pouco é preciso voltar para casa e começar tudo de velho, o banho quente, o sabão importado, os mármores perfeitos, as toalhas da melhor qualidade, sim a casa é toda lavanda alecrim maçãs laranjas torradas, Rute é de pêssego

Que foi, Tadeu?   Nada, estou aqui sentado.

A reunião não é às dez? te sentes bem?   Se todos se sentissem como eu, demasiadamente possuído por alguma coisa inominável... o que é? escalar a montanha? nadar no rio cheio de crocodilos? engolir uma serpente? ficar nu e lançar-me do terraço do quarto, os braços abertos e um grande urro durante o percurso?

Me sinto muito bem, estava apenas pensando

No Balanço?   Impulsiono o balanço de repente, Tadeu nos ares, flutua, agora desce, coloca a planta dos pés sobre a areia, senta-se e contempla ao redor, montanha mar extensão tremulosa, corpo aquecido e livre repensando o seu estar no mundo como quem nunca esteve no mundo porque desde sempre consumiu- -se na aparência, trancou-se, que coisa tinha Tadeu a ver com os outros? Ouro pensado no tornozelo e no pescoço, e o primeiro elo da corrente? Na empresa. PODER quer dizer Tadeu sentado na extremidade da mesa, os sócios cinco rescendendo a lavanda inglesa os papéis as cifras, a lisura do branco os algarismos santos, estilete de luz pousando no Ativo e no Passivo, Balanço-Gólgota do Sistema, Otimização Satisfatório Satisfaciente, verdura rúcula de prata na bandeja de nós dois, Tadeu e Rute, turquesas de sobremesa, homem-sério Tadeu, olhar nunca para o céu, não, isso nunca, apenas em alguma madrugada lívido hei de olhar para esse fundo, Rute estará ao lado aromatizada, hei de dizer abre mais a janela   Abafado?   Não, para ver pela última vez o que fizeram do céu do planeta. Aromatizada há de caminhar tênue, esvoaçante, as mãozinhas abertas hão de empurrar as persianas

Não há nada para ver, apenas o céu, no almoço estarás de pé?

codornizes e creme de leite nos pêssegos, e um livro incrível inteiramente novo reformulando a criação interna de fundos

O desinteresse pelo teu pobre verso, a fala mansidão, o desmaio quando tu disseste — não estou bem certo, Rute, o casamento me parece uma porca instituição porque — Rute, meu Deus, chamem os médicos, ora, eu apenas dissertava sobre a hipotética cadeia das instituições, sobre esse primeiro passo que damos algum dia porque a noiva, a família, desabam suas redes de gosma endurecida sobre as nossas pobres cabeças, lá dentro uma convulsão nos avisa que o Tempo há de ser breve e é preciso chegar à frente daqueles que sofrem o engodo da mesma corrida, miríades de noivos, os ternos de giz perfeitamente castos recebendo o hálito das sacristias, todos depois enfileirados tua nossa vossa a do mundo santificada família, vestidos longos e curtos mas todos intocados, ramos de trigo sobre o meu encolhido corpo trêmulo, irado com o meu próprio momento — por que, Tadeu, se é agora que devias pensar no teu verso, no lúdico da palavra, sumo-poesia dulçurosa, e hoje tomo o caminho oposto, Rute e seus raminhos, flor de pêssego tremulando nas mãozinhas, tudo foi como se diz que deveria ser, a passadeira até o altar, sempre as passadeiras até o altar até a cama, atravessando corredores, e no altar na cama a eternidade, primeiras palavras, segundas, depois o silêncio, eterno também, Tadeu esvaziado de si mesmo, mas os vinte anos espigados, o desejo nos distraindo, nossos róseos hálitos ainda, tuas falanginhas percorrendo o meu dorso e me tapando a boca se eu dizia Rute, hoje vou te mostrar meu poema, antes do primeiro relatório Rute, é um poema pequenino, falta a última palavra aqui, e o relatório está pronto Rute, é sobre o instante, sabe? essa dificuldade de Claro, Rute, o relatório está perfeito mas é sobre o poema que Do verso-vida dentro de mim que agora me enche o peito, do meu verso reprimido, de mim Tadeu há tantos anos sonâmbulo deitando-me e levantando-me para te dar o que tu ainda chamas de delicadeza, delicadeza-prato-de prata sob outros pratos — delicadeza de louça portuguesa, delicadeza-ânforas aladas, delicadeza-moldura cinzeiros caixas, deitando-me e levantando-me para que a casa conserve a mesma atmosfera do de dentro dos cofres, silenciosa e severa e em cada canto uma delicadeza feita do meu sangue, meu verso esse sim delicado escondido na minha velha gaveta, meu desenho de luz e sobriedade, ponta-seca, homem-Tadeu de asa curvada sobre o fio da vida, tu mesma desenhada aos vinte, aquarela de cinza e amarelo, os pés descalços, hera colada ao muro atrás da tua cabeça, luz sobre a tua coxa direita entreaberta, porque assim logo depois do amor colocando a fivela, de ouro a tua fivela minha primeira delicadeza, a cada instante viste a minha fivela? abrindo

as gavetas segurando o tufo de cabelos sobre a nuca, Tadeu, ajuda, procura a minha fivela, Tadeu te olhava estendido na cama, tu parecias rara, muito, se não falavas. Por que, Rute, minha carne quis a tua? Mas não é a carne que pede alguma coisa, é antes a alma, eu te tocava assombrado de mim, mas não é Rute que vai alimentar o embrião-milagre, vai matá-lo, embrião-poesia-bulbo acetinado, por que a carne desejou a tua, se a alma de ti nada sabia? Gostas da aquarela?   Eu não te vejo pintor muito menos poeta   Bem, mas com o tempo posso chegar a
Te vejo tão perfeito na liderança da empresa   Sei, mas gostas ao menos um pouco deste traço? olha o título que coloquei, aqui quase apagado no canto da aquarela   Ah sim…
        "Rute depois do gozo"… engraçado, nunca me vi assim, te lembraste de outra? nunca tive esse cabelo, nem esse rosto comprido, o olho tão redondo, não gosto quando me mostras teus desenhos, teus versos, nunca me vejo neles, é como se tu fosses outro cada vez que me mostras esboços, palavras
Meus livros tão amados, Rute, guardaste-os num lugar tão alto, era preciso uma escada tão comprida
Mas é tão harmoniosa aquela gruta suspensa para os livros, como não enxerga? imagine, até de longe tu podes reconhecer as lombadas, queres ver? Carlos Drummond de Andrade Obra Completa, Jorge de Lima, é só pedires a escada   Minha alma escurecida   Quê?   Minha alma escurecida
        Quê? Nada. que horas são?   Dez. agora já é tarde para pedires a escada.
Te parecia que caminhávamos juntos? Que algumas vezes subíamos? Fico me perguntando como foi possível ter imaginado que era

a mesma paisagem o que nós dois víamos, mácula lútea

Quê?   Mancha amarela   Quê?   *Fovea*
centralis, poço central, é um estudo sobre os olhos, sobre os nossos
olhos, sabe, o de todos.   Ahn.   Os olhos de todos
de matéria igual, mas a carne do que eu vejo, a envoltura, o espesso
que os meus olhos atravessam, nada igual, ainda que os teus olhos
se mantenham na mesma direção do meu desejo, lâmina de ágata
colocada à tua frente, transparência plúmbea, carne da pedra eu
digo, e a palavra me distancia no mesmo instante em que repito
carne da pedra e não estou mais ali, nem sou, nem vejo, porque o
vínculo se quebra quando repito língua intumescida: carne da pedra.
Tadeu comungado no mesmo existir duro da pedra e ainda assim
Tadeu distanciado, te vejo, nos vemos, mas tudo é absolutamente
desigual, e isso repito e repenso porque parece maldito o meu olhar.
Vi com alguém, em alguma tarde, um-só-olhar te vendo, pré-posse
augurada, te vi, árvore do paraíso?

um homem de empresa não deve ter qualidades excepcionais
exige-se a máxima estreiteza no campo da literatura e da metafísica
largueza parca em tudo nos ombros vá lá, suficiente para lhe
segurar a cabeça

poetas… bóóóóhhhh, um sol no coração e um sentir bóóóóhhhh,
tão delicado…

Delicadezas… Pedias um filho, Rute, e o tom de voz era azul-
-pastoso-aguado, idêntico som no meu auricular atento, idêntico
a todos os tons dos teus pedidos, banco de convento armário de
vinhático, caixas de prata lavrada biombos de marfim e laca, ah,
Tadeu que não te possuía no teu azul-fecundo-pastoso momento.
Um filho… seria a minha suprema delicadeza, não é, Rute? En-

tranha de Rute repleta de azeitonas gregas, cerejas, andorinhas,
ninhos aromáticos onde pelas vizinhanças flutuaria um menino
Tadeu, futuro homem de empresa
será eficiente como tu mesmo, sem os teus maus momentos
meus maus momentos?
quando tu sonhas, tudo isso vago, o desenho a poesia, há de ter
os pés ajustados à terra de seu próprio caminho
qual caminho, Rute?
o teu. a empresa colada
sei. Às costinhas delgadas
Eu não quero um filho teu, digo velado, a boca no travesseiro, o
hálito aquecendo as plumas importadas, não minha pombinha
safada, não essa delicadeza, então?
bem, Rute, isso de um filho, preciso sentir isso
as mulheres querem filhos
sei
então me darás o samovar dourado para a pequena mesa do
vestíbulo?
Tapa-me os ouvidos, que eu não ouça mais a voz untada oleoso-
-amêndoa oblíqua sobre o meu pescoço, os da empresa começam
a sussurrar no mesmo instante em que entro, me acompanham
pelas salas contíguas, tu pensas por acaso, Rute, que toda digni-
dade que aparentam, a reverência, o brilho dos ternos cinza-seda
é homenagem a mim Tadeu, homem-verdade, nu, esse que agora
repensa o poço central, o vivo de si mesmo? Nada, apenas relatam
o que conseguiram manhosamente abiscoitar, falam de outros, os
pequenos, de como foi possível assimilar os empresins do medo,
e o sorriso é um pouco de lado, discreto — as equipes do gozo

— bonito nome, não é, Rute? Invenção de Tadeu. As equipes do gozo, nossas, são feitas de homens escolhidos, homens cuja praticidade consiste em desfazer os nós, e os nós podem ser um volume de cobras absolutamente imprevisível, as nossas equipes do gozo transformam qualquer via sinuosa numa indelével linha reta e dessa vez como foi?

como sempre, por vias indiretas

retas demolidoras, de início sem assustar.

Corpo de Doutrina-Porcus Corpus, é este corpo de doutrina que preserva a alma do homem e alimenta de compaixão a sua matéria? Para que os homens consigam inúteis avelórios, para que o meu ser-de-antes, Tadeu — homem de empresa, cresça em banalidade e supérfluas aderências, para que todos os homens entendam o TER = HONRADEZ, IMPORTÂNCIA, ESSÊNCIA, para isso é que existes Corpo de Doutrina, Estatuto, Método, para esculpir a todos em gesto enrijecido, o coração pedroso? Chamam de que o estar à volta de uma grande mesa, mais lucros mais rendas, todos nós, esses dignos de terno cinza-seda, empoados nas gordas ou veladas barrigas, fazendo tremer os outros, soberba presença, empalidecendo contínuos gerências subgerências, os outros que têm apenas o seu próprio corpo, chamam de que o nosso contorno que esconde o seu avesso? E chamas de amor, Rute, o estar na mesma casa, comer na mesma mesa, e a consciência nada comprometida na mesma direção? Primeira manhã onde me reconheço tomado por uma coisa viva (não é justo, Tadeu) sagrada manhã, viva-luzente, nem sei por onde começo (não é justo porque) porque não é só começar, já sei de outros começos, amor palavra-caindo do teto, encharcando tudo, não é uma mulher, nem o prazer de construir

o verso, é a volúpia de olhar, de
não é justo porque eu só pensei em você todos esses anos, não
houve filhos porque —
de olhar tudo o que está vivo, repensar a morte também como
coisa de vida —
porque não querias, Tadeu, e cada mulher quer filhos do homem
que ama, eu sou mulher, e nisso igual às outras —
Demais igual, demais igual às outras, olhando a casa com o
teu olho vazio, sorrindo, sorriso dente-alvin, uma vez por mês
a visita ao dentista, perborato de sódio, duas vezes por semana a
massagem com algas no instituto, os banhos de pinho, as máscaras
de mel, teu corpo oco, minha mão gelada no teu seio de menina,
te preferia gasta, tomada pela vida
não é nada contigo, é difícil dizer
a gente vive uma vida inteira ao lado e
Uma vida inteira, como foi isso? Como foi de repente poder ficar
nesta casa, na empresa, levantar-me pensando no algarismo santo,
perder a alma
perdi-a, perdi-a, Rute
ainda não me perdeste, Tadeu
A ALMA, eu dizia, alma de mim, Tadeu-homin, lá na Casa dos
Velhos, lá vou saber até onde se faz verdade a minha volúpia
Quê?
Longe, a Casa que eu vi um dia, perguntei a um amigo, ele me
disse que lá viviam os velhos, aqueles que são difíceis de guardar
no quarto, de emparedar, aqueles que fedem à urina e mofo, pais
sogros avós.
estás louco

Arrebentando de gozo, louco sim, cerrado para o teu mundo e para o mundo dos outros, nervura inaugural deste meu corpo novo. Que horas são? Estou mesmo aqui? pergunto a cada instante só para camuflar o meu projeto de querer estar noutro lugar, só para que eu tenha um minuto a mais de suposta segurança, mas não me encontro aqui e a hora não é essa que me dizes, há um luminoso colocar-se no mundo e uma hora extra, estou zero-hora, Rute, amigos estou zero-mundo, e não pensem que há uma nova mulher, aquela do bar, digamos que seria gratificante se houvesse, mas não é isso, não sou Tadeu preparado para amar como um potro lustroso, (alguém ao meu lado ironia invisível: Tadeu-cavalo-rufião excitando a mulher, e o outro se apossando) não é mulher, e aí me lembro dos médicos ingleses: olhem, o último amor, senhores casados, pode ser mesmo o último, emoção-infarto sobre o corpo da outra, a outra, aventura-dionísio, a outra feita de súplicas e chamas, sol inesperado sobre a nossa carne amolecida, chamam de carne não é? chamam de carne isso que nos recobre, mas posso pensar como seria o nome da minha carne se eu efetivamente quisesse nomeá-la, pensar a carne longe das referências, pensar a carne como se quiséssemos mergulhá-la na pia batismal, ANANHAC de mim, te chamas ANANHAC, carne nova de Tadeu imaculada, por que não te buscas lá, onde os velhos dormem, tua clausura de pedra, goivos alados, asa e precisão ocupando um espaço, Rute, se te tomo, me sabes além da espessura do corpo? (meu pai na varanda, café-exportação, o sol sobre a maçã: Tadeu tem os pés de água, amolda-se) Amoldei-me? Até onde? A superfície fechada é toda porosidade sobre os pés de Tadeu? (caminha dentro das coisas esse meu filho, as armaduras se fendem) Sim, Rute eu penso que é preciso cuidar das coisas, que tudo aqui é delicado

delicado quer dizer outra coisa, cuidar é diferente na sua boca

que são coisas finas

delicado e cuidar e coisa fina não é o que são as coisas, se tocas essas coisas que dizes, sentindo-as como tu sentes, as coisas adquirem uma topografia banal inesperada, banalidade é o que se incorpora às coisas que tocaste, BANALIDADE INSUSPEITADA das coisas sob os dedos de Rute. Porque é caro, não é isso, Rute?

Claro

E o que é isso? isso aqui?

é uma pedra Tadeu

sei, que mais?

é uma pedra e pronto

e o cachorro vira-lata naquele canto da rua… te lembras? inventaste uma fala de puro medo que eu o trouxesse para casa, não foi?

pedras e vira-latas

plantas também, Rute

a samambaia tem sempre água, não é isso que se faz às plantas?

alma dos cães, da pedra, da planta, por incrível que pareça ando buscando a tua

Porque era jovem essa Rute, foi por isso? Mas eu também era. Porque Rute desmaiava porque de repente eu não sabia até onde o meu amor? Foi isso, Tadeu? A comoção de se saber o eixo de outra vida? alma é uma coisa que eu não sei, ninguém sabe, Tadeu. Porque teve sempre bons dentes, talvez isso, muito dentesmil, cinquenta e dois dentes. Porque gemia na hora do amor de um jeito infantil e obsceno? Porque às vezes parava diante de mim e me olhava como se soubesse do poço? Olho amarelo vazio me olhava. Era só isso. Ela não sabia do poço. Da alma da empresa sim — do tabernáculo — dentro dele o oco, não Aquele, acrescentaram peso a Empresa-pobre-corpo, se fosses feita de carne como serias? Gorda, o pelo ruivo cobriria a superfície ondulada, ferrosa, ferroso é o que serias, tabernáculo, ferroso como o sopro das bruxas, ímã para que tudo à tua carne se apegasse, carne da empresa é GUILHOT, assim teu escuro nome — de engolir — de ilha — guilhotina, rapace isolada assassina da alma de Tadeu, comedora de almas porque atrás de ti há um corpo que sustenta ideias que se dizem políticas, isentas de fraternidade, arrogantes dispenso o motorista?

Encosta a face educada na minha lívida cara, o roupão de linho tem a gola pesada de bordados, as mangas largas envolvem os pulsinhos finos, duas hastes presas às duas mãos inúteis, mas lava-se sim, encharca-se de óleos sim, tateia o ventre examina os dentes, o espelho de face dupla acusa um diminuto pelo no veludoso queixo, espio, vê, Tadeu, duro como um espinho, hoje marco hora no dermatologista, pega, vê se não é duro. Duro sim. Absurdo um pelo no meu queixo. Absurdo, Rute, existires junto a mim, eu junto à empresa, a empresa no mundo, o mundo nesse todo, um espaço de buracos negros e redondos corpos, cintilâncias, negruras, uma extrassístole outra vez e cada vez que me repenso e sempre que sofro sedução e emigro, disso sim eu gosto, de ser tomado, de ser seduzido como estou sendo agora pela vida. SEDUÇÃO. Imagine, arranco neste instante, olha como espeta a mão. Se eu falasse com a voz do mundo como falaria? Se eu falasse com a voz dos ancestrais, sangue, o sêmen do mundo em mim, a refulgência de uma nova voz? Noz vivosa na laringe de Tadeu, pomo de adão enriquecido de contorsões e nódulos: nós, os daqui, os do outro lado, dimensão que não vês, te olhamos, Tadeu, duro arrebato: que sim. Te foi dado caminhar a razão, então caminha. Que sim. O reluzente da vida, o casco da tua barca, matéria arcoirizada, é que empresta qualidade às águas. Que sim. Até onde o horizonte, até onde a linha acinzentada, longe, onde vês os pássaros, estica a tua linguagem, fala, Tadeu, batizando a palavra, lambuza de sal a pátina colada às consoantes, justifica as vogais, ajoelha-te, os joelhos colados na madeira lavada. Que sim. Que não te assemelhas. Aos que te rodeiam. À hora de Rute. Que és novo como o começo inverso de um novelo. Que a morte não existe, seria o sem forma, o escuro indizível, e tudo é geometria e palavra, navega, cola-te ao corpo da Vida. Te comportas como todos os que chegam à meia-idade

O quê, Rute?

Bobo como todos os velhos, pedras plantas, pelos, vira-latas, casa dos velhos, arrogância de falar da alma, ninguém sabe, dispenso o motorista?

Não. Vou num minuto.

Entro na casa dos velhos e o cheiro dos frutos pousa no corpo de Tadeu, ar suculento, pesado de aroma raro, não vejo o que pensava que veria, as caras magras, a brancura dos braços, o peito transparente e glabro, não, há cochichos e fingida sonolência, atravesso a varanda, a mão de Heredera na minha, um estufar de peito altivo numa senhora que não parece velha, algum riso, eu diria que atravesso um espaço gordo de ideias, Heredera chama Exumado dois gritos contralto e ele surge no centro dos cravos amarelos, delgadez leveza, umas passadas claras, credo Heredera, mais dois gritos assim e os cravos pendem, e se vai também o vermelhão das goiabas, que coisa me queres tão importante que gritaste? Pois o senhor Tadeu, hóspede novo deve saber do quarto, toalhas roupas, tu sabes, os horários, apresenta-o aos outros, não, deixa, eu mesma o faço, e os cães, Exumado, onde estão? Bem, deixa, são cálidos os cães, convivência mais jubilosa que a memória, porque a memória às vezes tem sarcasmos e é quase que inteira peso, pois não é? Sim, Heredera, esse teu nome esticado de onde vem? De heranças que deveria ter mas nunca as tive, papéis complicados que nunca se aclararam, ao revés, de letras negras cada vez mais, e parentes do fim do mundo do defunto tio-avô foram chegando, diziam que eu herdaria os pombais, eram pombas rosadas, uma doçura de penas, que um dia eu herdaria aquele mar de couves e de nabos, a casa parda, os lilases. Pois que nunca os herdei já está o senhor a ver, a casa não é parda, nem há pombas, algumas vezes duas e nem se sabe de onde, há nabos sim e couves, mas plantados por nós, Heredera ficou meu nome para sempre porque por estes lados dão alcunha por qualquer coisa pequena que nos aconteça, e morando sozinha me veio à ideia um passar a morar com outros, herederos de sonhos, por que não? Pois é verdade, senhor, na velhice se sonha, e o sonho fica um fato recrescente, tantas vezes se repete no peito e na cabeça sonhos tantos, que o sonhado uma vez em trêmito contente, volta adubado, faz-se verdade, diz aí magriz Exumado ao senhor Tadeu se o meu dizer tem gosto de verdade. Sempre quis aos cravos amarelos mas no meu dia a dia, nunca os tive, sonhava-os, minhas mãos eram feitas para os ossuários, eu os limpava senhor, de quando em quando aos ossuários?

sim senhor, dava-lhes terra nova, antes lustrava-os.

Exumado quer dizer, senhor Tadeu, que cuidava de ossos, mas
nunca se sabe bem o que tinha a fazer. com palavras é difícil
explicar que os ossos são sagrados
conta-lhe dos cravos
pois que naquela terra não cresciam, não sei por quê, eu levava
sementes, esperava dias e nunca o amarelo nem nada amanhecia,
então sonhava-os
agora Exumado a sós cuida de onze canteiros, um amarelo potente
que faz inveja às ovinhas dos pássaros
Os olhos de Tadeu deslizaram além, viu a terra porosa, tressuante,
a vida estava ali, mas não só pelo que Tadeu via, uma vida perce-
bida mais fundo do que os olhos viam, agora inúteis as fotografias
ainda que eu especificasse que o papel deveria ser o mais precioso
e que — por obséquio, é mais prudente mandá-las revelar no
exterior — nada disso tornaria fixo e palpável este apreender de
agora silencioso Tadeu abaixa-se para tocar num fruto rosado
as mangas nesta casa são muito apreciadas, nem sei como o senhor
Tadeu encontrou essa pequenina caída, o perfume desses frutos
faz com que a velhice os aprecie muito, pois olhe ao lado, Áima
e Pasion plantam neste instante uma outra mangueira
Heredera, tem esta cova para a planta a fundura certa? porque da
outra vez a cova era mais rasa, mas as raízes arquearam-se para
fora da terra
Arqueado, fora, (a cova era rasa?) imaginando subir como as vi-
deiras, esquecendo que estava preso às estacas, penso: o que faz
com que a coisa seja a coisa?
Ruteidade de Rute, até onde?
me parece tão derradeira esta cova, Pasion, exageraste

bem que eu dizia à Áima, Heredera, mas não é que lhe deu um frenesi de cavar como se estivesse reservado um defunto em pé a este pobre buraco?

aqui está o senhor Tadeu, hóspede novo, em pé mas vivo somos Áima e Pasion, senhor, perdão às brincadeiras, as mãos não lhe estendemos porque a terra colou-se à palma, assim como nós duas coladas

e parece uma excelente mangueira

mas talvez se afogue na fundura, os ramos devem ficar mais para fora assim, para que não venha ao fruto um sabor de terra

Exumado diz muito a coisa certa, isso de trabalhar nos ossuários lhe deu tanto critério nas terrosas questões, as plantas lhe são caras senhor Tadeu? e aqui está Guxo, um dos nossos velhos cães, os pelos ao redor dos olhos estão assim molhados porque é muito lagrimeiro, mas é limpo como os arminhos, sabe o senhor Tadeu que os arminhos falecem se os colocamos numa poça de lama? que nunca mais se mexem e ficam lá parados para que se não manche a alvura do pelo? Guxo é como os arminhos, só isso de chorar é que não se sabe, deve ser compaixão de nos ver a nós tão insensatos, fazendo tantos ruídos e trabalhos que o seu ser canino não compreende, ou melhor, compreende tão perfeitamente que aos olhos lhe vem a piedade

Ruteidade de Rute, até onde te apreendem meus olhos embaça-dos? Guxo, cão mais próximo de mim, mais minha carne, Áima e Pasion coladas, a medula única, Heredera Exumado, tempo tão pouco mas em mim a vontade de um discorrer absoluto, o poema úmido sobre a página, e agora todos discursam de uma tarde quando lhes será dado saborear o fruto, Exumado quer ser o

primeiro a gozar dessas mangas de ouro, sumarelo fibroso sobre a
língua, mas as mangueiras demoram a dar frutos, haverá tempo?
E agora digo: demoram a dar frutos?
ah sim, demoram, mas isso do tempo...
Em todos há uns ares de pequeno disfarce, alisam simultâneos o
dorso do cão, será porque a pergunta traz no corpo, mergulhadas,
as palavras Tempo e Duração? Eternidade e seu corpo de pedra e
dentro desse corpo o tempo procaz, insolência soterrado na carne,
ai Rute, se o tempo no teu rosto te cobrisse de rugas, se tivesses
a dura e adocicada comunhão com as coisas, talvez sim tu serias
mais bela porque o rosto adquire refulgência se dor e maravilha e
matéria de tudo o que te rodeia te penetra, e ao invés de gastares
teu ouro no apagar de umas linhas finas e de sulcos, tu te tocarias
amante, mansa, sabendo que o vestígio de todas as solidões se fez
presença no teu rosto, que o sofrido da água é cicatriz agora ao
redor da tua boca, que tomaste para a tua fronte a linha funda da
pedra, Ruteidade de Rute se te conhecesses como Tadeu desejaria,
se deixasses que o Tempo fizesse a sua casa no teu centro, se a
nossa casa tivesse sido a vida de nossas próprias almas, se Tadeu
tivesse ouvido aquele murmúrio ecoante adolescente que se fez
inesperado em verso: cria a tua larva em silêncio, também estou
mudo e aguardo. E ao contrário, me fiz num caminhar insano
e fui atrás dos teus murmúrios ocos, e a vaidade tomou posse do
meu corpo quem sabe se porque te via, Rute, dourada, os crepes
da cor de um tabaco escolhido esvoaçavas sobre os tapetes cor
de sangue, mas na verdade teus sapatos mínimos mergulhavam
no sangue de Tadeu, eu não sabia, eras adequada ao cenário da
sala, como se um traço fosse pensado apenas para te colocar num

pergaminho-marfim mais precioso, e depois te sentavas nos tecidos listrados, ostro do espaldar te refletindo a cara, Rute cravada no palco, e eu procurava um texto sábio para um contraponto e me via repetindo os versos de um homem que conheci lúcido-louco: ames ou não ó minha amada/ quero-te sempre boa atriz/ mentir amor não custa nada/ e custa tanto ser feliz.

esta é Convicta, senhor Tadeu

que a felicidade se faça para si, senhor, nesta casa, e será feita, porque se assim o desejamos assim se faz. bem por isso é que se chama Convicta, diz as coisas com a certeza que não se vê nas gentes, vieste em boa hora para nos dizer se serás a segunda ou a terceira a comer os frutos desta frondosidade que Áima e Pasion no plantar tanto se esmeram, Exumado pensa ser o primeiro

sabe muito bem que não será, Áima e Pasion serão as primeiras, pois plantaram-na, o senhor Tadeu será o segundo por deferença de todos, e virei em seguida porque no comer de mangas sabe Heredera que não faço a reverência de ceder o lugar, só o cedi agora ao senhor Tadeu por delicadeza de presença nova, porque as mangas, senhor, se fazem as mais formosas nesta casa, tenho a certeza da víscera que se o Senhor do céu houvesse visitado este lugar antes de construir o paraíso, não seriam as maçãs as de letal perigo

Tanto assim, Convicta?

E muito mais por convicção fantasiosa

Cala-te Exumado, tu entendes de cravos

Amarelos também, como as nossas mangas

De cravos e ossos teu saber limitado, e não há nada mais distante do osso do que a manga, o suculento nos lava até o umbigo e por fora nos desce até o pescoço, é coisa de carne, estufada, viva

E lá dentro o caroço

Muito bem, Exumado, o caroço, mas experimenta plantar um osso e vê se ele depois te dá o mesmo gosto que o osso da mangueira, nos caroços recrescem as envolturas que depois nos dão gozo. E nos ossos?

Teu osso, Convicta, é tua armadura

E que me importa a mim uma armadura?

Não se importe, senhor, são rixas antigas de Exumado e Convicta

Pois porque me chamo Exumado ela me trata a mim como enterrado, pensa que só trato dos escuros da terra Ai, se continuam as falas, do senhor Tadeu nunca se chega ao quarto, fizemos tudo ao avesso, antes se lhe deveria ter mostrado os aposentos, e depois fazê-lo confidente de lérias, perguntante, vê só, senhor, é bem formosa a visão que se vê da janela, as janelas desta casa têm fundura magna mas neste quarto apenas é que há o parapeito largo, de pedras, pode o senhor Tadeu alegrar-se com este cair de tarde

A janela de Alado também tem o parapeito largo

Sei disso, Convicta, mas não é tão formoso nem tem esta vista, e vamos deixá-lo a sós, senhor, até às comidas, quando se toca o sino, aqui se tem hábitos de convento apesar da ausência de monges e freirinhas, os hábitos pacíficos mas os pequenos contratempos se fazendo maioríssimos a cada hora, são discussões inevitáveis a respeito de tudo, pois se há homens e mulheres num único telhado já se sabe a casa repleta de manheiras, cada qual se entendendo perdidoso, não é assim? Pois bem. Que o entardecer se faça peregrim para lhe contentar.

O que se vê da janela são planuras de um lado e do outro mangueiras encorpadas e folhas brilhantes estranho como cultuam as
mangas, e olhares que trocaram e ares que se puseram quando
lhes perguntei se a árvore demorava a dar o fruto. Eram olhares e
ares de quem sabe de escondidas qualidades? Um outro além do
sumo, um exaltado do gozo, diverso do que é peculiar ao fruto? E
tudo talvez seja nada, quem sabe se é de mim apenas que me vem
um pretenso entender quase ardiloso, quem sabe se o falar dessa
gente é tão novo que o homem Tadeu acostumado às armadilhas
de outras vozes, entende a meiguice, a pausa, o distrair-se no
diálogo, o olhar-se, como coisa lesante, como foice. Debruço-me
mais comodamente no parapeito de pedras, o sol metade, um vento
curioso desliza pela cara, ouço a voz de Heredera: Guxo, Gaezé!
vamos vamos, venham, é hora de ficar a postos guardando a coisa
de sempre, ah esses cães, se não sou eu a lembrar a cada tarde onde
devem estar, ficariam num eterno aos saltos e fujões, oh Extenso
oh Alado, por que não me dão um ajutório? a esta hora a cada
dia repito que me levem os cães até a estaca ali a guardar o porão,
como se atrevem ser tão lerdamente? pois não sabemos todos o
importante que há para guardar? e os dizeres de Heredera são tão
claros, tão cantados remoinhos de palavras que Tadeu corporifica
tais sonidos, azuis e circulares no seu início, sobre os ramos, depois
pontilhados agudos penetrando o ouvido. E o que há para guardar
tão duradouro que faz nascer um discurso nervoso e colorido nesse
acabar de horas? Guardar tão diverso daquele guardar de Rute dos
meus livros, a voz amansada, licorosa: ali, Tadeu, estão altos mas
bem guardados, até de longe tu podes reconhecer as lombadas.
Impossível te ler, amado Jorge de Lima, prodigioso Drummond,

como os dois me faltavam nas longas madrugadas, então Carlos, te memorizava: "amor é privilégio de maduros, amor é o que se aprende no limite/ depois de se arquivar toda a ciência/ herdada ouvida/ Amor começa tarde". De cor o princípio e o fim do teu verso. E o do meio? Pedir a escada, buscá-la, mas onde, por Deus, Rute a colocava? E que altura há de ter para poder alcançar aquela gruta suspensa? Alta e pesada. Como desejei ter asas e algumas noites, para te reler, Jorge tão rei: "iam bem juntos, iam resolutos,/ olhares cúmplices mas não impuros/ andavam devagar, indissolutos/ num vago andar feroz e quase inútil". Guardados. Tu não os guardava, Rute, proibia-os de mim porque eu os amava, porque se a poesia se fizesse o meu sangue, a alma de Tadeu solar rejeitaria teus algarismos santos, porque se o poeta em mim amanhecesse no traço ou no verso, Tadeu veria Rute esvaziada, e vazia igualmente a Empresa, a Causa. Tadeu salvo das águas, das águas de Rute móvel, sempre escorrendo, atos aparentemente diminutos, frases pequenas de duvidosa transparência, Rute rápida, a golfadas, se é preciso lembrar palavras não me lembro, dispenso o motorista perguntavas de repente porque talvez adivinhasses a tensão que me provocava a frase, era preciso optar a cada manhã, eu repetiria o trajeto até a Empresa ou enfim diria adeus? e à noite era preciso escolher entre o jazigo ao teu lado, tuas tolas caretas, tuas professorais advertências ou enfim o berro da alma de Tadeu, gritando por solidão ou por um outro mundo onde não estivesses ao meu lado, onde eu pudesse calar como neste instante, que sim, que estou calado, e tão vivo, tão possuído de mim verdadeiro, sim, fiz a cara de todas as manhãs, mas por um instante ainda tentei visualizar o impossível, magia compaixão descanso no teu rosto, ou que visses em mim esse outro, os olhos afundados noutras águas, escapando, Rute, escapando de uma ferrosa draga, uma que construíste nesses anos tantos. A água da tua piscina, essa te importava, deitavas-te branca na espreguiçadeira, teu manhattan, os cigarros de ponta dourada, tuas amigas absurdas como tu mesma que delícia de sol que azul a água que bem-feito o manhattan que lindo cigarro o portão veio de Minas? e a arca lá da entrada? custou tanto? mas há igual e mais em conta aí na esquina. Meus pretensos amigos e suas bermudas estampadas, minha bermuda de Londres sim, discretas estamparias, faz aí, Tadeu, um verso sobre a piscina, superfície acetinada não é bom? Sábados e domingos que me esbofeteavam a cara, bajuladores, lagostas, eu te ouvia na manhã dizer à empregada: estao vivas sim, Olhe, primeiro limpe bem a casca, sem machucar, depois mergulhe-as na água fervente.

isso é horrível

quê?

nada, eu dizia se há possibilidade de me trazerem a escada

agora? há livros também na estante mais baixa, ontem mesmo comprei Liderança e Produtividade.

eu mesmo vou pegar a escada, onde está?

imagine, é muito complicado, e há caixas, mil coisas em cima porque a escada está deitada porque

sim, Rute, porque é muito alta

E porque não devo ler poetas nesta manhã porque os amigos não suportariam, nem à noite porque tu não suportarias, porque se faz particularmente doloroso ver Tadeu sob o sol, distanciado e louco folheando poesias, o jornal é que é adequado na piscina de domingo o jornal está aí, Tadeu, aí, na mesa

O jornal nas mãos, a bermuda inglesa, o grande sol airoso sobre a minha cabeça, tuas magras amigas, meus amigos de pelos brancos sobre o peito, muito bem cuidados, pelos escovados, cabeças lisas, absurda realidade, todos eles existiam? Antes de existir a casa onde vivi contigo, aquele espaço não seria mais rico? um verde desordenado, capinzal, alguns ratos, papa-capins nos tufos escondidos, joaninhas na largueza das folhas, comovida tensão, o olho da noite ocupando o antigo espaço seria certamente mais curioso, coexistência viva é o que veria, não a mortalha estendida sobre a casa, a pobreza das falas, então Gastão, a bolada que tu ganhaste na alta vai te fazer parar? Uns meses na Suíça revendo os amigos de lá? Planos de uma outra vida? Uma outra vida? o que vem a ser isso? Bem, o que é que você faz na Suíça? É muito divertido, jogamos, são excelentes parceiros, porres também definitivos. Ah. Vontade de sacudir a todos. Como é que suportam esse buraco vazio? Como é possível ir até o fim da própria vida sem perguntar ao menos: por que é que estou vivo? Por que é que estamos todos vivos, hein Gastão, hein Rute?

Aquele prêmio Nobel japonês suicidou-se

quem? por quê?

porque não havia mais cerejeiras nem

são uns loucos esses caras que escrevem

cerejeiras é?

era só plantar uma, mas que lagosta incrível, Rute, olhem só a lagosta que vem vindo esse pessoal escritor é muito esquisito

ninguém lê mais hoje em dia, não há tempo

há vinte anos que não pego um livro

mas está linda a cara da lagosta

e ler o que também? são todos uns frustrados, têm todos um rei na barriga

só porque garatujam umas besteiras pensam que são mais, queria só ver esse pessoal todo o dia no batente, falando com banqueiros, lendo os relatórios enlouqueciam

era só ter um pouco de tempo e eu seria escritor

mas não se suicidaria, não é benzinho?

claro que não, não ia deixar a minha mulherzinha

Atentos, os da palavra, o olho atravessando o fundo, detendo-se em cada turvo gesto, no de antes da cerejeira sim, no existir completo, na forma com que as coisas caminham, o esplêndido soterrado, o seguir rastejante, o lá estar rodeado de terra e depois encontrar vitorioso a luz do sol, que tudo se faz noite e solitário vértice se não comungas com a força ao teu redor, ascensionária diferença nesses, os da palavra, porque quando pensamos que estão todos hibernados, a laringe ausente de sonidos, estão agudos, vigília e pregnância, prefulgentes, torrentosas ínsulas, ramificada superfície se estendendo e vos pensam com estupendas reservas de fervor, delicados, muitíssimo delicados, avencas de jade, porque é a vida que veem onde não vemos nada, mesura excessiva porque em tudo, também no desprazido existir de seres ínfimos, no que vos rodeia e que não vedes, veem além

ó amigas magras de Rute

ó nós de bermudas estampadas

em tudo há matéria sagrada, ainda que a nossa carne por absurdo olvido pretenda que não foi tocada pelos dedos santos e do sagrado se faça sumidiça. Relembranças da paisagem de mim, do que fui,

também não me via como se visse, como vejo neste instante as
rolas negras e por favor espantem as rolas escuras a bicar o relvado
ai Heredera, tu transformas em corrida o calmoso da hora
Heredera às tardes se assemelha à Maria Matamoros falecida
como era mesmo, Convicta, que ela a ti dizia?
a mim? és descarado, Extenso, a ti é que a frase cabia
já nem me lembro
para que se *le engorden las pelotas*, que era só para isso que tu
estavas aqui
pois a bem da verdade, eu Extenso te digo que Maria Matamoros
estava errada, que é preciso não distorcer os atos permitidos, uma
coisa é o gostar de estar à vontade deitado sobre os capins quebra-
diços rememorando melanciais e do cavalo os colmilhos, ato em
tudo nobre, e outra coisa é a pobre estupidez de olhar sem ver. E
ainda mais te digo, Convicta, coçar os próprios bagos, estufá-los,
também é ato permitido, antes isso do que apunhalar — cala-te,
se Heredera te ouve a repetir como se deu o caso, há de se pôr
de cólera lampejante verdade é que apunhalou-se, enterrou no
meio das pernas aquela faca
e para que repetir coisas de antes?
e por que não, Alado? não nos basta o segredo que temos no porão?
e tudo isso da Matamoros foi nos tempos antigos
quando aqui se morria
pobrezinha, enfiando lá dentro aquela faca, esconjurando sangue
aí vem Heredera, cala-te
acho que se fala muito a cada tarde, que Áima e Pasion estão a
sós na cozinha e pede que se lhes lave os almeirões, ah, ainda
bem que pousaram no alto as rolas pretas, sempre me pergunto

o que pretendem

são guardiãs da coisa, ou querem livrar a coisa da prisão do lugar pois corto o meu meiminho se algum dia conseguem. Guardiãs da coisa, quando aqui se morria? mas não se morre sempre? Diálogo fervilhante o que eu ouvia, rumorejo casto e de repente passional artéria, as rolas de luto, o sangue de alguém se fazendo em dimensão alheia, Matamoros se recompondo na visão de outro, de mim, Tadeu, o fundo ouvido sugando o incompossível ruído que faria o punhal cravado onde? As cores do que se ouvia, amarelo-claro do capim, rosa esticado das melancias, marfim escurecido dos colmilhos de um cavalo como? E a cor dos próprios bagos desse Extenso comprido, os próprios estufados? Sangue da falecida subindo em jato até o parapeito de pedra onde Tadeu cravava os cotovelos, dorso dançante das rolas vistas de cima quando bicavam o relvado no dizer de Heredera, verde-vermelho dentro e fora da paisagem, qual seria o mundo palpável das evidências? E pareceria justo dizer que a verdade estava naquelas duas metades, as planuras de um lado e do outro mangueiras, visão estampada e primeira de Tadeu? Em que plano se solidificam atos e paisagens? É certo que eu vejo o dourado da tarde, o céu manchado de pequenas estrias branquicentas mas é isso o real? O descrever coado de palavras, um estar no mundo, próprio de Tadeu, o retornar à antiga casa onde viveu com Rute, vê-la, pactuar lagostas, bermudas nas coxas aquecidas, o passado lanoso, sufocante de crostas e agora roda-d'água colocando-se à frente, ruído de cantiga, e isso que eu ouvia de Extenso Alado Heredera Convicta, coruscantes palavras, que evidências estariam mais próximas do corpóreo, da membrana da carne? Porque deve haver em algum nicho uma filtrada visão, um foco apenas, onde uma das coisas de tudo o que eu digo se sobrepõe a todas, única, viva. E quem fotografasse a tarde de Tadeu, e eu mesmo colocado na paisagem, no parapeito de pedra, os cotovelos cravados, esse alguém nos diria que há apenas um homem debruçado olhando um mangueiral e uma planura, que se percebe sim que é um cair da tarde, que possíveis rolas ou codornas, talvez duas... que há dois homens e uma mulher, não, agora duas, e que... mais nada, nem eu fotógrafo pretendia uma fotografia rica e ajustada à crueza da vida, que para isso seria preciso cenário adequado, colisão de águas, revoada, luz-laranja da manhã incidindo nas asas, brilhos espaçados ao redor de um homem que sustenta nas mãos uma leve espingarda de muita precisão, o tiro se adentrando no corpo da ave, lagos, a beirada afogada de lírios, como naquela manhã, Rute, no noivado, o passeio de nós dois aos grandes lagos, a flor aquática verde-bojuda, te inclinaste e disseste uma das tuas santas banalidades, assim Tadeu qualificava àquele tempo as tuas frases, eras incapaz de descobrir nas coisas o vestígio do Intocado, dizias o disforme, o que não estava nas coisas, pensavas em usá-las, a flor aquática verde-bojuda depois de batizada pelas falanges de Rute e colocada aqui ali — que tal na cintura, olha Tadeu, presa a uma grande fivela

ou na cabeça num importante chapéu

no ombro num vestido de gaze soberano

depois te cansaste de pensar como seria possível mantê-la fresca e viva na tua carne, e largaste o encantado no caminho de pedra. O noivo, Rute, repensou teu gesto. Não seria completo te colocar aqui ali, sobre Tadeu, debaixo de Tadeu, te cobrir com meu suor, te usar, te fornicar veloz e leviano e depois te atirar às águas e contemplar da beirada num enorme silêncio o lago outra vez, acrescido de Rute, e outra vez as flores aquáticas? Rute no fundo. E rio porque penso no impossível, Tadeu teu noivo incapaz de se permitir um ato impermissível, te amo é verdade, ou penso que te amo, o corpinho tão claro, quando te inclinaste tuas nádegas eram perfeitas como se se juntassem duas pequenas ameixas, te abraço e no abraço meus olhos pousam sobre o vivo que arrancaste das águas, naquele meio minuto em mim compaixão e verdor, ri num soluço, acanhado num gesto comprido devolvi o vivo, a flor aquática, à sua morada. Acanhado de mim, tateando uma fugidia solidez, pertencença eu queria para poder viver na Terra, uma única articulação exata, mover os nós sem ruídos, sem assustar com os meus guinchos as gentes ao redor, precisava do fato, exposto, útil, e tu és Rute minha noiva porque Tadeu almeja para pertencer, uma praticidade Ruteante. Rute, a empresa, a minha vida, caberiam num copo, como cabe a cinza na urna mínima, ainda que pertencido parecesse não pertenci a Rute, olhei-a sem poder agarrar Ruteidade semeando o vazio, não pertenci à empresa e nem ela valia pertencença, pertenciam os outros, aqueles empolados, à verdadeira Causa? Ganhar o dinheiro e usá-lo para aprender a olhar, quem o faria? Tão poucos os que se detêm na raiz, o olhar alagado de vigorosa emoção, estou vivo e é por isso que o peito se desmancha contemplando, o coração é que contempla o mundo e absorve matéria do infinito, eu contemplando sou uma única e solitária visão, no entanto soma-se a mim o indescritível e único ser do outro, um contorno poderoso, uma outra vastidão de corpos, frescor e sofrimento, mergulho no hálito de tudo que contemplo, sou eu-teu-corpo ali, lançado às estrelas, sou no infinito, sou em tudo porque meu coração-pensamento existe em tumulto, espanto, piedade, te sabe, te contempla. Eu, homem rico Tadeu agora tento o veio, o nódulo primeiro, estou em algum lugar onde me pretendo, sagrada ubiquidade, braçadas neste pleno do espaço, nascido de uma carne nado veloz à esplêndida matriz.

Então, Tadeu, dispenso o motorista?

MATAMOROS
(DA FANTASIA)

À *Gisela Magalhães*
irmã de toda a vida,
irmã da mesma perplexidade.

Paixão. Só dela cresce
o fôlego de um rumo
LUPE COTRIM GARAUDE,
Obra consentida. Inéditos.

CHEGUEI AQUI NUNS OUTUBROS de um ano que não sei, não estava velha nem estou, talvez jamais ficarei porque faz-se há muito tempo nos adentros importante saber e sentimento. Amei de maneira escura porque pertenço à Terra, Matamoros me sei desde menina, nome de luta que com prazer carrego e cuja origem longínqua desconheço, Matamoros talvez porque mato-me a mim mesma desde pequenina, não sei, toquei os meninos da aldeia, me tocavam, deitava-me nos ramos e era afagada por meninos tantos, o suor que era o deles se entranhava no meu, acariciávamo--nos junto às vacas, eu espremia os ubres, deleitávamo-nos em suor e leite e quando a mãe chamava o prazer se fazia violento e isso me encantava, desde sempre tudo toquei, só assim é que conheço o que vejo, tocava os morangos antes do vermelho, tocava-os depois gordo-escorridos, tocava-os com a língua também, mexia tudo muito, tanto, que a mãe chamou um homem para que fizesse rezas sobre mim, disse a mãe a ele que a menina sofria um tocar pegajoso, que os dedos afundavam-se em tudo o que viam e de mãos amarradas o homem grande me levou ao quarto, sim, amarrei a mão da menina para que não empreste sujidade à vossa santidade, a mãe dizia, para que não lhe tire o perfume espelhado da batina, me deitaram no catre e o homem disse à mãe que sozinho comigo lhe deixasse e dessa vez fui largamente tocada, os dedos compridos inteiros se molhavam, ficou nu sobre mim, entornou-me de costas, eu sentia um divino molhado sobre as nádegas, gritava, o homem rugia à minha mãe do outro lado: não se importe senhora, são demônios azuis que se incorporam. Depois me tirou o barbante das mãozinhas me fazendo sugar o sumo santo e segurei um túrgido tão grande que os dedos à sua volta fechar-se não podiam, pude tocar demorada, os côncavos das mãos avermelharam, depois meus dedinhos inteiros penetraram na boca do homem e ele os chupava em gozo como se chupa o carnudo das uvas. Oito anos apenas me faziam a idade. Lembro-me contente dessa tarde porque havia ao redor o que encantava, a mãe quase ao lado, perigo tão grande, um homem sábio de perícia tanta, meu tocar à vontade. Por uns dias saciada larguei coisas e frutos nos seus próprios lugares, a casa estava em ordem, os arredores, a menina sonhava no seu quarto. Três dias e os demônios em mim outra vez, a mãe alarmou-se mas o homem mudara-se numa longa viagem. A menina ensinou aos meninos da aldeia a leveza do dedo nos profundos do meio, o machucado macio como dos pêssegos, aqui, a menina informava, toca-me aqui menino, como se esmigalhasses devagar uns morangos na boca, o dedo assim como se língua fora, toca-me lá dentro agora, procura, devagar como se procurasses a língua da serpente no medo da goela. Tocaram-me muitos, e muitos se alegraram da perícia e quentura destes dedos, Matamoros diziam é vermelho-ouro, palidez e sangue dos meninos da aldeia. Matamoros se soube duradera na carne do outro, como um gancho que furasse, rica de lambeduras, magoante cadela, sei de mim a saliva, os dedos, horas alongadas revolvendo a terra, alisando minhocas que se tornavam duras, todas em forma de roda, depois toco as alamandas, não aguento o cetim das folhas tão amarelo quanto pode ser o negrume do inferno, aliso com cuidados e a folha ferida de cansaço escurece, uns fios se fazem com a cor das fezes, apesar da ternura. Ó menina, por que tocas em tudo como quem vai dissecar uma fundura? diz a mãe com a cara retorcida em agonia de choros, fujo, fera-menina escondida nos tocos, me pego, dedos do pé apertados, tão curtos, distendo-os puxando as pontas e com eles converso ó pequeninos dedos que aceitam todo o caminhar, nudos em humildade, que passeiam por pedras e nas águas se afundam, são dedos dos pés de Matamoros e se agitam conforme minha toda vontade, fiquem ao sol assim, digo eu, a metade de mim no vazio do toco, as canelas e os pés na alegria dos ares e assim que digo sinto que se aquecem de contentamento, e que lá de cima alguém me manda oferta de calor e sonho, reparo neste instante em mim de forma mais precisa, mais olhante, endureço as pernas como se fosse alcançar a novidade no debaixo das pedras, ato que permite que se faça em brilho um escurinho de pelos espalhados na coxa, Matamoros esfrega suas penugens e adora descobrir que tem gramíneas pretas eriçadas, que é estranha como uns bichos que viu sobre a folha das mamonas, que peluda tanto assim não é, mas que começa a ser com semelhanças. Se volúpia me fiz na meninice, nem na adolescência descansava, teria sido melhor perecer do que levar às costas este mundo manchado de lembranças, teria sido graça não conhecer aquele que me fez conhecer, e de minha mãe Haiága, fez a desgraça. Torna-se muito penoso relatar como se deu a coisa, como fui tomada de um sentir nunca sentido, verdade que me aprazia sempre o tocar de qualquer, o tocar de muitos, o tocar sem nome, nem lhes via o rosto, era a destreza no tocar que me sabia a nardos ainda que aquele que tocasse desprendesse de si o cheiro de todos mal lavados, as narinas fechavam-se para tudo que me cortasse o sentir, se demasiado se faziam malcheirosos eu abria-me ao pé da água, encostada ao corpo do rio, e sem que o homem percebesse eu o lavava, primeiro as mãos na água, depois no costado do homem porque se faz nesse comprido da medula o mais intenso sentir, depois apalpava-o na semilua do ventre, molhava-lhe os pelos vagarosa e antes de tocá-lo no mais fundo esfregava minhas mãos na minha cabeça, aquecia-as para que a água das palmas se fizesse em mornidão, e depois sim tocava-o, singela e de rudeza mas com finuras de mulher educada, pois era assim que eu era, e se destruí algumas coisas com a polpa dos meus dedos, tinha cuidados e era desvelosa com o corpo da água, não sei o porquê desses afins com coisa tão rorejante, eu que me soube sempre parda e pesada como a pele da terra, são mistérios, ganchos talvez de uma vida de antes, há cadeias e argolas que se enroscam tanto que os dedos do divino nem podem desfazê-las, há poderosos peixes que se matam nas redes, pois não é? Por que se desmancharia a cadeia de carne dos humanos, somos de tantas vidas que algum resíduo antigo se cola à nossa futura alma e é talvez por isso que me faz pena e maravilha esse encorpado mole, desfazido, essa cor sem nome desse corpo da água, se machuquei-a um dia, já paguei, porque foi bem por ela, por gostar tanto, por ficar à beirada de um corredor de águas, numa tarde esquisita, muito rara, que conheci o homem que me deu luz à vida, mas também me deu sangue e ensanguentou Haiága. Era essa tarde rara como disse, alguém esteve comigo e já se fora, eu tinha as saias molhadas e através via a coxa se esticasse o tecido, pensava em nada, em Matamoros ali nada pensante numa tarde rara, aquietada olhava o engraçado desenho da minha saia, e só olhei para trás porque os cabelos na nuca se mexeram como se tocados por focinhos, me veio desconfiança de que a cadela Gravina, com esse nome porque vivia cheia, me seguira, virei-me para agradá-la, para vê-la, e ela não era, atrás, de pé, afastado de mim vinte passos ou mais, um homem, esguio como um santo de pedra que vi: as pernas tão compridas e tão fortes como o tronco mediano dos ipês, estava ali parado mas era como se à minha volta rodasse, sereno parecia mas se desse um passo meu corpo se faria um canteiro de flores devastado, de olhá-lo soube que a alma me tomaria, tomou-a, e de palavra pouca, tantas dentro de si onde não se dizia, era como se fosse o reverso do belo sem deixar de sê-lo, ao redor a tarde ficou imóvel, as árvores e as águas sem ruído, eu mesma parecia desenhada e não viva como estivera há pouco, e mais viva do que nunca é o que eu estava, toquei-me, não com os dedos de antes, toquei-me para ter a certeza de que não havia atravessado os limites do tempo, eu- -mim-Matamoros levantou-se e enquanto levantava me dizia que melhor teria feito se deitada ficasse, porque devia haver no gesto raridade e no largado do andar era preciso encontrar simetria, e mesmo assim esticada e dura como se uns dragões de outrora estivessem a postos à sua frente, Matamoros andou, um andar quietoso, ficamos próximos, distância de dois rostos, medo e júbilo de ouvir se fazendo à volta das cinturas uma roda de fogo, afagou- -me os braços no alto, na junção dos ombros, completou um triângulo de onde o meu vagido, e vértice de dois o gesto outra vez alargou se descendo sobre as coxas, devagar meus joelhos se dobraram, dobrou-se, enfrentamo-nos cara a cara, as mandíbulas duras, aquilo tudo parecia a dança tosca e lenta de uma raça es- quecida, vi paisagens na mente, torridez, vestes de linho trançado, panelões de barro, cães escuros e magros, bilhas, cuias, alvor de um sol mais branco do que o preto, história recuando na sua cara e lá dentro dos olhos desse homem, vi-me, e a ele também outro nos olhos, eu outra mas eu mesma, tão encorpada e alta, tão morena, um luzir de faces de nós dois feito de gordura, conto esta estória desta forma como se houvesse o tempo de horas para con- tá-la mas assim não era o que se passava entre mim e o homem, ele via também? Tento dizer que não havia um seguimento de paisagens, que não era como se eu visse uma e depois outra, esse seguir adiante não era, o que eu via era amplo e descabido para o entendimento, soube de antigos de mim, de um mover-me distante, de uma fúria na cara, fúria de orgulho quase santa, não havia luta explícita no que eu via mas no mover-se de todos um grosso ressentido, essas coisas na minha mente ou no de dentro dos olhos desse homem, e fora onde estou um desenho arrumado, uma pintura de calma, ainda me sei e sou à frente desta cara? Que é preciso que eu respire agora, afogada que estou, úmida de lembranças, que o espírito perceba que eu morreria amplidões de vezes para voltar à minha tarde rara, tomada de paixão, de sentires sem nome, que sou neste momento o que era Haiága antes de vê-lo e quando simplesmente apenas minha mãe, Haiága velha, o pretume das saias nos joelhos, ralhante, feixe pela casa, muitas palavras parecendo sábias, muito carregante de limpezas, e na alma a secura misturada à volúpia e à vergonha, Matamoros e Haiága uma só antes não éramos, somo-os agora, ela morta, eu viva como se, mortas as duas ainda que eu pareça a vida desta Casa de mortos como dizem, então não me tocou depois, depois do de joelhos cara a cara, das visões, perguntou-me se eu morava longe e que o viver comigo numa mesma casa se faria no instante, que casa ele não tinha, na mente carregava arco-íris e cristais para uma casa tão viva como a vida, que nunca se saberia dentro dela porque as casas da mente, as soberbas moradas, não são feitas de argila nem as bases se assentam num espaço da Terra, enquanto caminhávamos descrevia umas muralhas altas, umas portas de sonho, nenhuma aldrava porque se nos fechamos conosco à procura de novos nomes para as coisas, amigos não teremos, que rodeando a casa a alguns passos da muralha encantada, um ribeiro, e nas margens um todo de glicínias para que Matamoros deslizasse comprida sobre as águas e tivesse como apoio o cetim das flores, calava uns espaços, parávamos, de cócoras, ele sorria um pouco, os dentes de vidro pareciam, tão unidos, leitosos, a boca se mexia de maneira formosa e sei que o dedo atento desses estudiosos de fazer a imagem, não poderia fazê-la mais rigorosa, da suavidade e da doçura das avencas, que uns brancos porcos conviveriam conosco porque se faz preciso para o homem lembrar-se de si mesmo tal um porco lavado mas sempre um porco, então sorri de tais sabedorias e me contei tão tímida, procurei ser castiça de linguagem, sorri eu disse, de tanto espanto de me saber de anjos escolhida, disse que não, anjo não era, sorriu mais largo, e a língua se mostrava de papilas perfeitas, quero dizer que não se via manchada, róseo-vermelha essa língua, poente de corais, eu estava sim tomada descrevê-lo me parece serviço de eruditos, dos que pernoitam cabeça nos papeis, os aflitos contornando as letras, que o dom de relatos tão sábios a mim não me foi dado, e pedia perdão ao mesmo tempo que falava, perdão eu disse, vivo sozinha com Haiága minha mãe, nem nunca aprendi nada, o que me vem à boca vem sempre aos borbotões, se pudesse te diria que um ardor constante se me faz no corpo mas de outro modo diria, queimaduras pungentes se não tenho um homem, tu me entendes? Que entendia. A cabeça moveu-se, o tempo se esticava agora, olhei o alto porque passou sobre nós uma nuvem de patos, então não caminháramos o tanto que pensei, ainda estamos na periferia de águas, mas quanto caminhei? Quando havia interesse, me falava, entre a alma de dois, entre dois corpos, podia anoitecer sobre os nossos contornos que não se percebia, que muitas coisas ainda haveríamos de calar e que nessa envoltura é que estaria o dizer, tocou-me os dentes, alegrei-me de tê-los tão perfeitos, tinha os dedos doces, a melaço sabendo, dedos e dentes de nós dois, tocava como se pesquisasse, os meus, depois os dele, que muito se parecem, Matamoros ria, os dentes para morder o que tens escondido ele me disse, e rimos juntos porque nos veio a estória da menina e do lobo, lobo não sou, e nem és a menina do vermelho chapéu, Haiága é tua mãe, e mãe de Haiága não há, morta pois não, quando Haiága nasceu? Eu disse que sim estremecendo, como podia ter artes de adivinho, como? Não tinha, aqueles dizeres foram apenas expelidos por dizer, mas ficava satisfeito de saber das coisas antes de chegar à minha casa, às vezes sim adivinhava uns baços da lua, se a chuva chegaria, uns caminhos do vento, mas isso era nada, dom de muita gente, concluiu. De devoção me fiz. Ele, de pastoreio. Haiága, o entender no ar, evasiva de nós nos dias primeiros, amansou-se depois, a casa ficou clara, lavaram-se as madeiras, Haiága me auxiliava com tais contentamentos que de início pensei que era por mim, de ver a filha quase uma senhora, um homem cuidando dos campos, do rebanho, Matamoros na feitura de pães, no zelar das flores, a cadela Gravina tendo nós três por pais, os dias com significados, quero dizer que se pensava no cuidar de tudo, e a palavra futuro se colou à casa, a varanda maior, não é Maria? e pedras mais polidas neste poço e pássaros que poderemos comprar, nas gaiolas de início, mais tarde em liberdade, que sim, que se afeiçoam e nunca mais se vão, são todos como gente, se tratamos com carícias e desvelos por que hão de tentar a imensidão, voar para onde não conhecem? Mudada minha mãe, a garganta de escolhidas palavras, o cabelo tinha lustros de óleos esquisitos, banhava-se com folhas, com pétalas secas, grãos amassados resultavam num redondo de pasta, esfregava no corpo essas matérias, eu dizia Haiága minha mãe, não é que te tornaste bela?

Não ralhava, ouvia-me, as mãos nas ancas, repassadas como se as quisesse aquecidas, e tu também, minha filha, verdade que um homem pode nos fazer a todos mais bonitos não é? Rimos, e a cadela Gravina se agitava, as patas dianteiras raspavam o ar como num devaneio, cheguei a dizer que os minutos desta vida eram felicidade, disse assim: que bom que as horas tenham seus minutos e os minutos segundos porque aqui se faz felicidade, não é mãe? Adentrou-se nos claros da janela, as mangas do tecido rosado iluminaram-lhe a cara, olhei-a, e não era mais velha, tinha a pele colada aos pomos do rosto, tinha um encanto, uma soberba no porte, e começou a cantar canção desconhecida, sem palavras, lamentos muito graves que de repente cresciam abrandados, uivo de ventos, melodia como para exprimir o alvor da madrugada e o canto dos galos que coisa o teu cantar, mãe, de onde vem?

do tempo, Maria, de gente minha e tua gente

quem?

uns de conquista, outros de medo

e por que não cantaste nunca e só te vem o canto agora?

porque há alguém que nos cuida e te fez mudada

a ti, também

porque as mães também mudam se o amor lhes vêm

o amor?

claro, Maria, o meu amor por ti, agigantado, de te ver boa, sem o bulir de antes.

Era aquilo somente? Só por mim é que a feição adquirira realeza? Tornara-se rainha assim por caridade? Fiz as perguntas a mim, em seguida apaguei o perguntar porque me pareceu que não cabia à Matamoros indagações do mistério de ser mãe, mãe eu não era, ouvia sempre quando menina as conversas de muitas mães da aldeia, que uma escondeu seu filho num buraco de pedras, e escondida também ao lado dele envelheceu para que não o levassem as guerras, e outra muito pequena, de nome Marimora, prima de Haiága, mais longe de Heredera, que deixou seu filho nas ramagens um instante enquanto ia banhar-se e na volta teve o espanto de ver a três passos da criança um animal tão grande como o tigre, de muita semelhança, a pele com riscados, as patas redondas, num rugido o animal mostrou dentes de lança, e ela tão pequena atirou-se ao corpo da fera, também deu rugidos como se fosse a fêmea do animal maldito, lutou fêmea que era, o pequenino balançava-se rindo, de inconsciência gentil, lhe parecendo talvez que a mãe o mimava com uma cena de circo, e de cicatrizes tão fundas Marimora ao longo da vida escondeu a cara com o trançado das redes, espectro saído das águas, então isso das mães sim eu o sabia, e se Haiága era mãe, por sê-lo é que tornou-se tão outra eu meditava, embelezou-se para que a filha não sofresse a visão de Haiága velha, encheu-se de cantares porque convém dizer que também eu de muita beleza me fizera, andava pela casa Matamoros muito leve, muito de asa, um pequeno cansaço sabendo a descanso, cansaço amoroso pois que cada noite era noite de abraço, de mastigar e de lamber a carne, de cheiro gosma de casuarinas, o escorrer vermelho, ferido, mas membrana de amora, eu fechava os olhos dizendo vida tão viva que me deu o Senhor antes de chegar ao portal do paraíso, e quando os abria era tão dor não ver o adorado, cuidava do rebanho além dos montes, levantava-se ainda madrugada

tenho pena, mãe, de sabê-lo sozinho quando se levanta, sozinho? nunca. Eu mesma lhe preparo o alimento, queres dizer que te levantas ainda tão madrugada?

levanto-me encantada porque os velhos não têm necessidade de um dormir prolongado

não és mais velha, Haiága

ainda que não mais pareça, velha sou.

Parecia severa quando disse a frase, como se estivesse de ressentimento, culpa não tenho, eu disse, que antes de mim tu tivesses nascido, e me parece que também tu gozaste alegria, tiveste um homem, o pai, ainda que pouco, e tens tido maior alegria na velhice, não é mãe?

alegria sim, maior que a tua.

mas o que é, Haiága, não pareces contente, falas no tom que falamos quando somos culpadas

e culpada de quê?

Um olhar de lua atravessado de nuvens, um mais no fundo que eu não sabia, escuro de matagais, aparição pontuda, ouriço antes de ser mordido e um segundo antes de expelir espinhos amarelos, cravou-se coisa comprida em mim, Haiága tinha usado um ferir espinhudo para levantar a pedra, eu olhava lá dentro e ainda não via, insinuava-se um agitar de patas, uns golpeios, bafos nojosos, mas não via um expandir delineado, em torno de Haiága espadas com donos como aquelas que atravessam os paços dos reis, em torno de Haiága um revolver de ondas e de nadas, lhe falecia brandura e até maternidade olhava-me como se eu não fosse a filha, antes madrasta, antes, e isso eu não queria ousar mas de ousança me fiz e pensei: olhava-me como alguém que amava trigorosamente o que me pertencia, amava-o, depressa me veio o pensado e outra vez apaguei, devia ser coisa de mim, falsos

acendimentos do espírito, ri apressada para desfazer os artifícios
da fala mãe Haiága, perdoa se te agitei

Andou como a rainha até a varanda, nem me olhou, as mãos nas
mangas enfiadas, tentei abraçá-la por trás, as mãos na cintura,
encostei meus cabelos nas espáduas retas, empurrou-me altiva
usando os cotovelos

larga-me menina

Tão triste que fiquei que um gemido partiu lá das funduras e foi
milagre o ter-se escapado de mim tão estranho sonido porque
Haiága arrebatou-me impulsiva como um homem, tinha os olhos
tão ferida, a boca molhada de lágrimas, dizia guturais incompreen-
sivas, que não, minha filha, não te ponhas assim de soledade,
soluço, me dizia aos trancos, porque te fiz de mágoa, Matamoros
rica de quentura, luzente de graça, tão pequenina lagartixa, que
não era nada, que os velhos têm garganta gemedora mas que
no mais das vezes é porque a vida esvai-se, por isso que nós os
velhos gememos, cara partibular porque ao encontro do tempo,
do limite, daqui a pouco Maria, estou com Deus cara a cara, ou
com o outro, ria-se, pedia-me que risse também, não te ponhas
assim toda espremida, te preparo teu leite, comes o pão tão lindo
que fizeste, e eu queria perguntar de alegrias maiores que não sei,
mas Haiága não esmorecia no falar, de um lado a outra de louças,
de discurso sobre a folgança dos velhos, de incríveis compotas de
jambo que nos faria, de abio, de geleia de pétalas de rosa, Matamoros ainda quebradiça seguia o andar de Haiága com olhos de
pergunta mas pensava que se perguntasse, o temporal de novo,
e a lua atravessada de nuvens, e as espadas, e o ouriço e aquela
coisa na pedra, invisível mas muito daninha, coisa que saberia

mais um tempo, quando? A si mesma Matamoros prometia que nunca mais o dormir se o homem levantasse, zelo seria o dela e não o de Haiága, disse-o:

mãe, não é preciso mais que te levantes antes da madrugada

Emudeceu encostando-se à mesa, a pele tinha a alvura da pele moribunda, passou a língua nos lábios, no canto da boca a carne com tremuras, as mãos geladas tocaram-me

por quê, Maria?

para que não te canses

cansada ficarei de estar na cama

na tua idade as pessoas descansam

Disse para feri-la, para que lhe faltasse o ar, e ela como se adivinhasse deu respiros, curvou-se num tossir de ecos

me vem às vezes pensar que a montanha me faria bem, na velhice vai nos faltando o ar

pois há montanhas rodeando o universo, mãe

Disse e depois calei-me, um olho todo de fêmea me fiz, um alongado cárdeo de brilho amendoado, tive ciúme tamanho da possível ternura da velhice, como Haiága deveria tocá-lo se o tocasse, examinei-lhe as mãos e surpreendi-me do afilado forte, dorso sem manchas, um claro de unhas, as mãos pendidas nem pareciam ter veias de tão lisas, olhando-as me detive nas ancas, que largas eram, que coisa desejável e espaçosa para um homem mover-se sobre elas, esfregar-se, contorná-las com aquelas grandes mãos que eram as mãos do meu homem, olhei minhas próprias ancas e vi pobreza, duras, estreitas, alta que sou, pensei, está bem que sejam como são, mas não estava de contentamento, alisei disfarçada meu encovado ventre, e de canto de olhos vi o de

Haiága, um delicadíssimo redondo, curvatura de pequena maçã, pensei antes o meu porque toda a terra está cheia de velhas com seus ventres fofos, mas não estava de contentamento, de rancor o confronto, Haiága vencia se um homem nos colocasse à frente do desejo, ai santos meus, até onde vai indo o meu pensar, que nervoso de cobras tantas num buraco, que ruído de carapaças se batendo, que ferver de aranhas apossou-se de mim, aguilhões de um pardo sofrimento, dessa cor que não se pode definir, pardas as vísceras, as veias, o desembestado coração, ganas de sacudi-la e espirrar meu veneno:

estás mais gorda, Haiága, te cresceu a barriga

pensas? Me parece a de sempre. Vem, filha, vamos juntas adubar o limão-bravo, as laranjas, e tudo isso faremos na manhã se agora mesmo te pões a caminho com tua mãe. O balde nas mãos para carregar o excremento das vacas, mesmo assim se via Haiága poderosa, sem o querer Matamoros andava atrás como se a mãe soubesse de uma trilha de bois, em tudo tão mais sábia, tão terra gordurosa, tão farta e azulada de luz naquele caminhar, por que via Matamoros agora a mãe como se fosse de brilhoso de fada, como se fosse mulher de umas estórias que na aldeia se ouvia, mulheres muito de centelha, de fitas, de bordados, uma estrela na ponta de uma vara? Por que vê-la assim, de trigança encantada? À beira da terra molhada de agriões, mulheres e homens lhe diziam bom dia, Haiága, em que formosura te espelhas? Como se te vê bela a cara, que lugar de saúde nos parece agora este lugar vendo-te a ti, não é que está tão bela que parece a Virgem às vésperas de parir? Chega-te aqui. Haiága punha-se de brasas, repetia que nada, que tolice, estão a ver apenas, se é que veem, reflexos da formosura de minha filha, olhavam-me mas sem o viço das falas, a pequena Matamoros está bem mas valha-nos o Senhor se Haiága não parece a filha, e como vai o anjo lá da casa? É tão bom pastor que a colina lá adiante nos parece de neve, tirou dos carneiros o encarnado dos pelos, aquele pó de terra, e vê-se a todos de branquidão, ele mesmo de prata entre os carneiros aí como deve ser bom ter homem belo e de jeito para cuidar carneiros e mulheres, os homens punham-se a rir empurrando-as, elas gritavam larga-me Bosco larga-me José, pois é muito verdade que se vê as duas radiosas, Haiága muito mais que Maria, depois o tom das vozes decrescia, nos afastávamos não é que Haiága se faz de formosura mais ampla? só o amor é que nos faz bem à cara

cala-te Antónia, se te ouve a filha

mas não é maldade o que à cabeça me passa verdade

que está rara

não é mesmo, Bosco? e os peitos agrandados e

Fervente eu olhava o caminho, Haiága à frente não se voltava, os cabelos de tão pesados acompanhavam-lhe os passos, farto molho de cachos, transpirava tão grande que a raiz dos seios via-se molhada, a blusa de amarelos com ramagens parecia viva como se vê nos campos o capim orvalhado, Haiága, santos meus, tornara-se paisagem, de minha ira invejosa quis eu afastar-me

mãe, vou subir a colina para vê-lo

há de alegrar-se, vamos sim

digo que vou sozinha, tu retornas à casa

Subindo aquele atalho olhei-a depois de alguns passos, olhava-me também, então adeus gritou-me, muito clara a voz de fingimento, fingida Haiága, fui subindo pensando que se eu deitasse o ouvido àquele coração, não ouviria palavras tão sonantes, se fariam torpes, embuçadas, dizeres escuros de duvidosas interpretações, boca de velhice muito aguada, língua de galináceo, repulsivo gorjeio, meu peito magro cada vez mais afundava, que subida, que caminho de cabras, ponta de pedra no mais curvo do pé, parei para respirar, para afagar o machucado, e fui ouvindo como se viesse dos altos a canção de lamentos de Haiága quando se pôs nos claros da janela, a canção sem palavras, mas então, Senhora dos Angustiados, não era minha mãe que cantava, pois ainda podia vê-la pingo de tinta amarela nos longes, e quem é? Devagar e curvada, animal de rapina comecei a escalar o pequeno monte, será que a mãe tem poderes de maga e pode estar no alto da colina e deixar-se contemplar no baixio do monte? Que demência, pensei de mim, se continuo maligna na cabeça termino por ouvir a voz do demo, mas é verdade que alguém canta numa voz grave, a melodia é a mesma, quem pode ser assim de nossa família sabedor de um canto há anos enterrado no coração da mãe, tão recente de luz o lamentoso canto e agora cantado tão bem noutra garganta? Deixei-me ficar parada no meio da subida, só podia ser ele quem cantava, nosso era o monte, e só o homem nos arredores pastor de carneiros, carneiros somente os nossos, cantador nenhum de sábias modulações, de espraiado tom, naquela aldeia nunca se ouvira tão bela voz, levanto minha cabeça, espio, está sentado na pedra, o sol à frente dele e à minha frente, está de costas para mim o adorado, diminui o canto e procura dos lados como se pressentisse uma presença, levanta-se e caminha ao encontro do sol, não sei se a muita claridade nas minhas pálpebras me faz vê-lo rodeado de luzes, pequeninas abelhas de diamante, ai que mercê, que dádiva enxergá-lo, era meu esse homem, o encantado se fazendo carne, meu nas noites e fervoroso tanto, vinho e leite me sabia seu corpo, sim, meu nas noites e encolho-me ferida porque penso: de Haiága nas madrugadas? Volto a levantar a cabeça, estou deitada de bruços, uma pedra me esconde, de soluços lá dentro muito surdos o peito se sacode, era verdade o que eu soube menina, dos velhos, desde que me sei por gente? Ouvi menina a frase que vou dizer agora mas nunca imaginei que pudesse guardá-la e não é que a guardei? Diziam: enganosa é a beleza e vã a formosura. E muito maldosas, poderia eu acrescentar e maldosos todos os que me fizeram ver um homem para mim tão novo, me querem em pedaços, em retalhos de sangue, me fazem possuir o nunca visto, a aparência mais do que gentil, o sabor de um sem fim apetite, o cheiro de uma terra de maçãs e nêsperas, tudo para meu gozo, e depois dividir o meu pedaço todo precioso com a bruxa que me pariu? Me querem enlouquecida, a beleza de arcanjos apresentada à minha pobre figura num ouro de bandeja, um bocado para ti, Matamoros, outro bocado para tua velha mãe, de velha fez-se redonda adolescente, de velha rouca fez-se rouxinol, de feixe fez-se outra vez redonda, de pudores fez-se muito despudorada, de ralhante fez-se doce e deixou de ser mãe para tornar-se amante. Verdade devia ser o ninho pegajoso que eu pensava tão bem, as coisas não nos surgem à cabeça com a matéria de ventos, muitos fios e pelos se juntando é que formam a casa de abutres, desses de asa negra, um todo emaranhado de corvos dentro do meu sangue, de castigo sim me queriam, de desgraça, desço rastejante, as pedras se enfiando na minha triste carne, o meu homem cantava a canção de Haiága, a velha deve tê-la cantado entre os lençóis, numa concupiscência de louvores, canto soprado lá no fundo do ouvido, e ele saboreou a enfeitiçada cantiga, canta com a mesma garganta, com a mesma língua me lambe, abraça-a com os mesmos braços dourados, deita-se sobre ela com as coxas poderosas, enfia a raridade de dureza naquele buraco de onde saí, mexe-se abaixa-se alteia-se e gritam abafados, juntos, e Matamoros dorme no seu quarto no corredor mais longe enquanto Haiága possui o que já está possuído, o que é dele minha carne, entro na mata para encontrar o riacho e lavar-me da grossa fumaça de pensamentos tão repugnantes, lavo-me, mas quem deveria lavar-se era o homem e ela, como podia o homem cansar-me horas inteiras ocupando meu espaço, molhando-me encharcada, e depois levantar-se e ocupar potente o buraco de Haiága? Como se tivesse o corpo de um rio, um patear de águas engolindo a terra, subindo montes e enchendo os buracos com seu corpo borbulhoso de cascata, assim me parecia esse homem que eu tinha, e tinha-o também minha polpuda mãe, de compridezas me pus ao chão e palavras me vieram tão de escuridade, pensei morrer, disse vou morrer sim, ficarão abraçados nos minutos primeiros, as caras tétricas, e muito soluçosos nessa noite de pios da minha morte, depois a alegria há de tomá-los, mas por pouco tempo porque meu espectro estará rondando casa e quarto, arrefecendo o instante de ladineza, entre os corpos dos dois estará Matamoros, nuvem gélida espalhando padecimento e perdição, não deixarei que sintam desnudez de nenhum, hão de tocar-se mas de espanto os dedos encolhidos saberão que tocaram o hórrido vazio, matéria de ninguém, eu noutro espaço, de risos hei de preencher a casa, risos que hão de ouvir tão perto nos caminhos do ouvido e tão longe e nos altos como se viessem de torres, Haiága há de ficar toda cosida, sem falas, e eu da torre do alto e do fundo do ouvido, encorpada num branco etéreo e gelatinoso me farei sentida, emporcalhando intenções e canduras, ai sim, nunca mais se dirão sons de mel os dois velhacos, muito mais ela que o homem porque também pode ser que Haiága tenha usado poderes, os de erva, e pegajosas pomadas e até mesmo a cantiga deve ter sido feita de tons para abrandar e ao mesmo tempo unir distanciados e alheios corações, porque a mim também comoveu a cantiga, canção de poderes de muitos plurais, para que um se encante, o outro se devore, o terceiro de langores desfaleça, o quarto se transforme em sedento brioso, assim por diante até chegar a paixão que pretendia Haiága, até chegar a ternura de mim, olhando-a como se a visse de fada, até chegar a esta minha hora, hora da morte de Matamoros na beirada da água, ah, então era assim? Pois enganava-se, morte minha esta multipontuada senhora mãe não verá, ficarei viva borbulha na sua incandescente superfície, nunca se verá a sós com ele em tranquilidade e numa outra velhice, e se no instante se pensa feliz em moça nova, mais tarde velha há de arrepender-se de ter abocanhado mocidade quando esta lhe cabia à filha, porque sabemos que o castigo se fará àqueles que fizeram os outros padecentes de medo, medo como sinto nesta maldita manhã, ainda te vejo, manhã, há pouco pensava que não mais te veria, e muitas vezes te verei em outras, virei a este lugar com o companheiro, nós muito vivos e não me falta força para dizê-lo e aqui repito: nós muito vivos e Haiága morta. Pensar a morte da mãe me fez aliviada, há de morrer como todos e se desejei morte de mim por que me faria asco pensar morte de Haiága? Soturnos estes fios que nos ligam ao maternal umbigo, sofridos estes fios, tensos, agudos, o caminhar difícil sobre eles porque os pensamos quase sempre como lisos, que a palma dos pés há de tocá-los sem ferir-se, que neles caminharemos deslizando, pois não sois fios da nossa própria carne? Pesados fios penugentos é o que são, caroços espinhudos ponta a ponta, a mãe se vê a si mesma envelhecida quando a filha se vê desabrochada, medem-se as duas como duas lagartas, uma se dizendo de sabedoria, de caldo grosso e aromado, e a outra passarinha exibindo plumas ofuscantes, plumas novinhas e pernas apressadas prontas para se abrirem e que se veja o fundo desejado, mãe e filha tormento sempre e muita solidão, e espadas, gumes o tempo inteiro se batendo, posso falar diz uma porque já sei a estrada e nela caminhei à noite e ao sol, pedra nenhuma te fará sombra e moradia, ora deixa-me olhar a estrada com os meus próprios olhos diz a outra, se não há pedra bondosa deixa-me olhar o vazio do lugar, se me vou ferir deixa-me senti-lo pois só aprendo se em mim se mostra o ferimento e talvez a ferida se enoje de mim, tantas palavras quando o outro só tem que caminhar onde todos caminham, que pedra me faz falta? que moradia tu pensas que preciso? olha-me o corpo, os peitos, pensas, mãe, que até o rei não gozaria de tomar os meus bicos à própria boca? E pensando no rei penso nos peitos da rainha Haiága, antes não se lhes via, havia peitos? Desde quando assim redondos, sacudindo-se quando Haiága anda, quando passeia, quando se abaixa não pendem, costurados tão fortemente ao tronco? Desde quando? Há cem dias talvez? Ai, santos meus, que fuja de mim o que pensei, que voe ventando para as altas ramas, que seja peixe e se afunde nos mares, que seja oleoso e escorregue colado aos abismos,

que eu nunca mais veja pássaro peixe gordura, vai-te apressa-te, imagine só aquele ventre cheio, aquela cisterna apodrecida se encantando de água viva, de vagido, ai meu ventre, por que não estás estufado, por que te fazes oco e gemes tua víscera vazia? Não não Matamoros, a monstra ciumenta, a sibilina serpente é que te faz pensar o impossível, que bicho há de caber naquela velha barriga? Mas não é isso o que se vê, não é velha barriga, eu mesma vi a maçãzinha de carne, a delicada linha intumescida, metade do arco de um Cupido mínimo, muito linda, as mãos me tremem, o corpo está deitado mas bate-se espremido, e que barulho vem vindo pelo atalho? demônio que se fez do meu pensar? Cadela gigantesca é que virá, homem de cornos negros, ai quem? Apenas Simeona, a Burra, mulher assim chamada porque está sempre montada a uma burra amarela, vendendo água aos andarilhos da mata
São Hosto, são Hila, nome de homem sem rosto, nome de centauro, que duas caras de fogo e ouro e de coice se grudaram à cara de Matamoros? E luta e dentes e deixa-me ver melhor, ai Reino de Deus, Reino dos Vazios, não é que se vê guisado de escorpiões e um verde de fagulhas, um sol choramingoso na tua pele da frente? Sai, Simeona, das tuas águas e da pestilenta burra andamos todos fartos, que sequem todos esses piolhentos da mata e que se feche a tua boca
E por que menina? Que mal sem nome te fez a água, a jumenta, e pobres homens sem casa, e palavra minha mirrada?
Quero morrer, Simeona, melhor morrer do que saber o coração crivado de vespas, que jubilança me cabe se um sem-fim de paixões me fazem as tripas espremidas? Mas te corto em pedaços, te esfaqueio se contas a alguém que me encontraste assim

E contaria a quem? Fazem tão pouco de mim desde o dia em que disse que um grande sangue numa casa da aldeia mancharia no eterno as almas desta terra, disse e continuo a dizer o mesmo, ainda que a cera amontoada no ouvido desses muito fedidos cresça amarela e endureça pescoços e cabeças, e queres saber mais? Engole teu segredo antes que morram de sede esses que não conheço, me vou.

Ai, Simeona, espera, ai ai a   Me cresciam os gemidos para que a pena se alojasse no peito da velha, tinha fama de sábia e curadora, as frangas moribundas renasciam se Simeona as encostasse na sua magra barriga, as vacas se deitavam de muito leite inchadas se Simeona as afagava, e um minuto antes eram pele seca aquelas tetas, na sarna dos bezerros ela fazia cruzes num punhado de cinzas e horas depois as feridas recobriam-se de pele nova e pelos, Simeona tinha fama de vagar no alto céu da morte, conversar com esses de espuma, com anjos, até com sapos e galos desencarnados, com cavalos de vidro, de palavra-relincho ela dizia, subia-lhes montada na treva da floresta, amigos cavalos sapos galos ela chamava com voz fina de rosa, com pequeninos uivos, com voz de curiango, e relinchos cacarejos coaxares enchiam de repente os ares, sabe-se que Simeona atravessou o rio numa barcaça de penas, pombas encarnadas carregaram-na para comer abios, os muito amarelos de uma única árvore do outro lado-rio, era muito prodigiosa de milagres, muito amada, até que fez a profecia negra — sangue numa casa da aldeia sujando para sempre as mãos da nossa gente — então puseram-se todos de boca costurada, ela chegava e calavam-se, ela se ia e gritavam-lhe: tira-nos a maldição Burra Simeona, ou hás de passar por nós asa de mosca, ainda

menos, porque do teu roçar a gente nem se importa, e Simeona
se ia repetindo: maldição foi verdade que ouvi de boca santa e não
reviro verdade de pedra preta em pilriteiros brancos. se continuas
a gemer assim toda aldeia há de vir.

então fica ao meu lado e passa-me a mão no corpo e atira-me a
raiva à água.

e tens raiva de quê, de quem? deixa-me ver, ai santos mortos, me
vêm de ti umas emanações vermelhonas, cor de crista de um
galo que eu tive, pimentões de uma terra de púrpura, plantei-os
verdes e nasceram inchados de vermelho, te mordes de ciúme
de quem? do companheiro

deixa-me ver, dizia Simeona, espalhando a terra e deixando-a
lisa, lisa pele de lago, Mão do Senhor, é belo como o corpo de
Deus, maravilha rara, que perfume na terra me vem desta cara,
que altura tão medida, que cabeça de linha coroada, que olhos
de pedra escura de ágata, que pele cor sem nome como se mis-
turasses o café ao bronze, escuta-me Maria, é homem-anjo, nem
deves tocá-lo

anjo nenhum, é carne pura de homem, anda logo e retira-me o
ciúme

com esta boca três mil vezes bendita te digo que é beleza excessiva
para tomares posse, que hão de amá-lo todas as mulheres porque
não é homem de carne, é pensamento-corpo sonhado por um
homem de outras terras, homem que deseja formosura de alma
porque tem vida de penumbra e tediosa, ai Maria, vives com alguém feito de matéria nova, com alguém que existe dentro de uma
cabeça que tem fome de muita beleza, cabeça que se ocuparia
das letras, que não pôde usá-las por fraqueza, deveria ter sido um

cantador, entendes, e não pôde cumprir destino coroado, vives
com a alma pensada de outro homem, e tem nome esse com
que vives, esse sonhado de outro, pois aquele que sonha esse teu
incarnado deu-lhe um nome
dei-lhe o nome de Meu
não é o nome que tem
nem nunca eu quis saber o nome antigo, despacha-te, que nome?
E um grande riso acompanhou-me a fala. que o riso te fique na
boca, pequena Matamoros, pobrezinha, que rias sempre é o que
eu muito desejo, que te esforces para isso, pequenina, porque
nunca meu espelho de terra espelhou uma trança de pelos de
tantas e tamanhas contorções, sei que se pode construir fantasmas
de vento, de saliva, de nuvem até, mas não conhecia o poder de
transformar o pensado em grande maravilha, pobre homem que
vive tão triste e isolado.
quem?
o homem que criou teu anjo-companheiro
anjo nenhum, Simeona, já te disse que tem carne de homem,
e eu repito que não, e mais te digo: o nome que lhe deu esse
pobre-rico-coitado é nome longe de nós, sílaba martelada e depois
nome de Deus, TADEUS, chamou-o assim porque desse nome tem
nome parecido, quer a vida que o teu anjo tem, sonha com liber-
dades, com terras, animais, é mais raiz de planta do que carne,
liberdade de funduras é o que o outro pretende sem poder, vive
uma vida de enganos, cercado de poeiras da matéria, tem mulher
enfeitada de vidrilhos brilhantes, tem um lago na casa, lago de
águas tão estranho porque a margem não se vê de capins, é uma
coisa de pedra muito lisa o que contorna a margem, a vida desse

outro é toda como se fosse pintada, entendes? Não é matéria viva. E tanto deseja viver vida de nossa gente, tanto lá por dentro a nós se assemelha que deu forma pulsante e muito ilícita, (porque poderes assim só os tem Deus) deu forma, Maria, ao que sempre viveu no informe, no desejo. Pecaminosa maravilhança isso de dar ao moloso do pensamento forma dura, são tristes horas as que rodeiam esse homem, tem moimentos, entendes? prostrações muito languinhentas, vive como se andasse na fumaça do sono, caminha como se o passo afundasse em ventania de lama se o vento na lama ventasse, quer escapar do gomoso mas tem dentro de si mucilagem de planta, tem frouxuras na cabeça e no corpo, os pés desejam a ponta das estrelas mas obriga-se a mexer com papéis, preteja pergaminhos brancos com sinais de números, pensa em moedas e as tem nos bolsos mas atira-as com agrestidade como se ouro não fossem, tem casa e cama de importância, vejo tudo aqui no meu espelho de terra que nunca me apresenta cara de momice, pois que se apresentasse viria dos meus dedos um esbrasido muito fulminante, dedo de Simeona pode furar a terra se a terra mostra mogorim em vez de rosa preta, se mostra cara murchante em vez de querubim. Tadeus, teu homem, não tem vida de si, compreendes? é vida desse outro, muito embelezada, assim Maria: como se desejando ser ganso tu tomasses do ganso apenas o grasnado e depois recobrisses o som do ganso com corpo de cavalo, mugido fundo de boi com pluma de garça, miado quente de gato com o encorpado da vaca, força que vem do sangue cinza da alma ele transforma em carne, por isso teu homem existe com enorme estranheza, com fulgores na cara quase dissolutos, segura um pouco a tua cabeça e pensa na força que deve ter o desejo de

água numa boca seca, tão grande, tão colosso que uma fonte de
pedra nasceria do osso, o instante todo vira fonte viva, fazes um
rio do corpo, ai Maria, penso que é tua a casa onde sangue se via,
mulher e cadela há de morrer e parir.
cala-te puta estufada e velha
molestosa a verdade, Matamoros, mas nascida nos sarçais da terra,
cilhada com correntes de fogo, que Simeona seja incendiada e a
boca negra nunca mais apresente palavra se é para te pôr medo
que escarro estes negrumes, tens que largar o homem, varrê-lo
da casa e da cabeça, é sombra encorpada, é vento de carne, é
nada feito homem, no instante em que digo estas palavras ele já
é semente, já é larva no coração de outras mulheres
(Pensei semente sim no coração de Haiága)
larva muito perfurante no coração de todas
de quem?
todas que o enxergam, Maria, hão de querê-lo bem.
de querência fraterna não me importo
e quem há de ser fraterno com o corpo de um deus?
Amansei minha palavra e disse bem-querer porque sei que se
dissesse o justo te porias brigosa
podes dizê-lo, Burra, porque é palha o que sai de carcomida boca
adorança, Maria, hão de adorá-lo em pecado, hão de sonhá-lo tanto
que os lençóis ficarão tingidos dessa gosma de nós, nas manhãs teus
olhos hão de ver muitos lençóis lavados porque terão medo do sentir
da mancha no corpo dos maridos, sonhado muitas noites há de ser,
e quanto mais sonhado, Matamoros, teu anjo Tadeus mais vivo, e o
outro de nome parecido fica assim mais paciente ainda que infeliz.
Gritei-lhe então Tudo que ouço só pode ser da Burra parvoíce,

falação de mula, que graúdo espetáculo tu pensas que me dás como se eu fosse plateia dementada, os ricos abestados da cidade olhando anões de guizo, aparvalhado olhar temente de demônios, Burra Burrice, como há de ser sombra o meu homem se lhe sinto a carne, se a cada noite me cobre de dureza muito valorosa e enche-me o buraco de visgo muito farto, cravo-lhe minhas unhas nos costados, no ombro cravo-lhe os dentes e até lhe sinto o osso, pesa-me muito o seu corpo porque esqueleto não tem de pouquidade, tem osso largo e pesado, dentes língua, molha-me toda a cara com serpejante saliva

te repito que o sonho muito almejado de um, deu corpança grandosa e inflamentos ao que vivia na terra de nenhum

Burra, como pode virar carne um corpo de vento? como pode esta terra — e um punhado terroso esfreguei-lhe na cara — virar corpo? ilusões escumosas da tua pobre cabeça e queres mais? Pretendes te fazer um saco de milagres e tudo o que fizeste milagrento foi amansar coceiras e esquentar frangas friorentas, ora senhora Simeona, se fosse sonho de alguém o companheiro, por que eu o veria como se o sonho fosse o meu? Pois assim que o vi soube que havíamos vivido outra vida de antigas escolhenças, vi um deserto e me vi ao lado dele, vi cachorros e bilhas, vi

porque é sonho de outro feito de perfeição viste nele o teu próprio sonhado, e todas hão de vê-lo matéria do que sonham, amolda-se conforme desejo de qualquer, não é de carne, e repito não é, repito ainda que tu me mostres dele o sangue derramado, aviso-te Maria, toma para ti vida que te é mais pertencente, porque o outro de nome parecido, vive dos vícios de Tadeus e de ti

chama-se Meu, e meu há de sê-lo sempre, e que deus enorme é

esse que faz do próprio sonho um corpo que caminha? Seria rei
do mundo, e mesmo nestes confins o saberíamos
rei não sei, mas o mais nós o soubemos, Maria da tua boca? de
ti? de Simeona louca?
não fale da loucura com boca adolescente e boba, tu é que pensas
os loucos à tua maneira, à maneira de todos, coragem é o que
nasce no fundo do que somos, loucos porque muito longe, lá no
bulbo da coisa já sabemos se o que vem há de ter ligeireza de
rato, canino de roedor, visão de olhos muito valiosa ou cegueira
do pó que caminha conforme o vento manda, loucos Maria, são
os poucos que lutam corpo a corpo com o Grande Louco lá de
cima, irmão de muita valorosidade e de peito vingante, às vezes
tem sisudezas de aparência mas cavando no fundo é caldo doce,
às vezes sentindo-se cavado recolhe-se e troveja antes de começar
luta de coice. Já lhe vi a plumagem num dia de cegueira para as
coisas da terra, é três vezes águia, é um ser movente que transforma
o aéreo em coisa vorticosa, tem arco-íris nas penas e parece barcaça
porque as asas não adejam, deslizam naquele vértice, se pensas
que é só pássaro e preparas o olhar para as alturas, investe sobre
a terra e afunda-se como se fora semente lançada por dedos de
ferro, um buraco se agiganta e cresce-lhe nos abismos uns cristais
de pedra, à tona vão subindo até tomarem forma de montanha,
se pensas que é só pedra e preparas o olhar para a excrescência
volumosa e endureces o passo para montar ao alto, desmancha-se
num fogo muito corrosivo, branco de lua mas fervente, as queimadas da mata te pareceriam na pele o rocio se comparasses o fogo
dos homens com o fogo desse Louco, muitas vezes perguntei-lhe
com voz de fantasma e outras vezes com voz de garganta jubosa

se pretendia com tais demonstrações me fazer pungitiva e muito arrependida de minhas velhacarias portentosas, e sabes o que me respondeu? Simeona, apenas tomo de ti o que me pertenceu, o que tu pensas ser do corpo esquálida matéria, em mim esqualidez de Burra se faz força. Por isso, Maria, neste instante, por ligaduras de afeto, por me chamares de louca, tornando-me por palavra tua muito aparentada com o Senhor que é asa, fogo, montanha de pedra, trocando-nos a boca, boca do Senhor na minha e boca de Simeona lá por cima, faço-te o enorme presente deste aviso: ama somente o que te é parecido, não grudes à tua carne a espuma do pensamento de outro homem, liga-te a um dos nossos, não engulas a pérola, se um punhado engolires de castiça qualidade, punhado ou uma, ainda assim na manhã uma a uma, pelo buraco de trás sairão todas.

Em mim o silêncio foi ganhando idade, em Simeona a palavra foi crescendo, em mim o silêncio de tão velho não falava, corcova, brancuras de barba, encolhendo encolhendo, ouvia do silêncio uns assovios de boca murcha repetindo uns rosários, palavras-fantasia destacavam-se: mormaria, pedaços feitos de morte e de meu nome, amormór, de morte ainda e de pesado amor, loucocim, pedaço feito de cima e inteiro de louco, tarDeus, de tarde avançando no de cima, poncartor, ponte de carne subindo na torre, e outras vindas da terra de ninguém, balbucios melados, rouquidão de águas gotejando um telhado, suspiros arrulhentos, e lá no fim agora voz de garganta de Burra conversando com a mula: bicho de mim, sacrossanto bicho de peludosa montaria, vamo-nos porque a pequena Matamoros afundou-se no sono, assim é que está bem, e que esse que tem corpo de um deus também vá-se embora e entre novamente no sem forma do pensamento, e que aquela cabeça que pensa Tadeus pense em si mesma e procure a verdade junto aos seus. Levantei-me amornada, bocejei, olhei as ramas altas, que dia de tanta luz lustrando os verdes, que calor na cara, que claridade se me faz na víscera, que quentura saborosa de barriga antes escura, chilreios no de dentro no de fora, olhei as águas, que escorrer veludoso de meia-luz, esse clarofosco do veludo e do rio, que som dourante nos ouvidos, ai que dia, disse com voz de lentidão, com muitas modulações, dia para correr nos caminhos, os pés pisando a carne das flores, dia para enfeitar-me e esperar o homem, dia para beijar a boca aromada de Meu, boca de muita realidade, e um riso remansoso de alegria subiu às árvores, agigantou-se de ecos, como podia ser de pensamento aquela boca, como podia ser de vento o espelhado dos dentes, como podia se fazer do nada aquela língua de homem, preciosa, que sempre na minha boca aberta se metia? E que cantasse o quisesse a boca do meu homem, paraíso de carne, canção de Haiága ou de qualquer era bela a canção, que o meu homem vivesse junto a mim é o que eu pedia aos céus, esvaziada que me sentia do dilaceramento ciumoso, e por quê? Será que Simeona me vendo tão desfalecente como antes me viu, se fez invencioneira de enorme potoquice para que eu da minha própria vida tão feliz tomasse conhecimento, me soubesse cativa e me alegrasse? pois só podia ser esse o resultado de tanta invencionice, pois é como se contasses a alguém que te dói muito o dente e à tua dor de dente o ouvinte acrescentasse dores de pés de pernas e cabeça, mas não, mas não tu dirias, só me dói o dente, e em tanta discussão até da tua dor de dente esquecerias porque a verdade é que nada além do dente te doía. Pintou-me tudo tão de pretume cruento aquela Burra que os meus padecimentos me parecem agora angelitude, pequeno estrago de cabelos cortados que depois crescerão, coisa de nada, e não rombura fatal na minha própria asa, que isso sim é que seria desgraça se acontecesse no meu corpo de anjo, pois de rombo na asa o caminho do céu me seria vedado. Por bondade ou burrice fico muito grata à Simeona, pensando agora que nem o nome da mãe ela me disse, nem uma só vez pronunciou Haiága, e se adentrasse em mim, se soubesse realmente o que me machucava, o começante, o abespinhadiço da estória seria o nome de Haiága. Colhi ramas floridas e pitangas, salvei de morte certa pelado passarinho, filhote despencado de uma árvore de flores amarelas, subi ao tronco e coloquei-o novo no seu ninho, demorei-me no atalho de formigas e ajudei uma gorda ruivosa a carregar sua folha segurando de leve a ponta esverdeada, ai, deve ter pensado a pobrezinha que por um tempo a folha fez-se leve, e não continuei muito tempo a ajudá-la porque pensei quanto mais leve agora, depois no seguir do caminho e sem mim, ai, muito mais pesada. Senti-me viva e generosa e boa, quase sacramentada, quase santa, que me importa a mim a sadia metamorfose da mãe? É bem melhor vê-la cantante, redonda, tão amiga, do que aturá-la crispada e desinquieta e até feia como antes era. E que gastura de nervos o pensá-la cheia, como poderia? Seria preciso que o cinismo e a maldade nascessem novamente muito chamejantes, muito recriados na mão daquele muito Louco de quem Simeona se diz aparentada, para que a minha tola suspeita se fizesse verdade. Seria preciso uma nova crueldade nascida dos elementais negrejantes de todo um campo santo para ferir assim tão fundo essa que tenho sido, essa que sou, muita solicitude me parece que tenho, muitas discrições e humildade, pois qualquer uma que tivesse a graça de ver o meu homem e dele receber convidoso cuidado e ter a cada dia o dele rosto seráfico a beijar-lhe a cara, muito caroçuda de orgulho se faria, muito putíssima até, sinto que uma outra não eu que recebesse tanta garrulice do céu, aos gritos se poria de contentamento, e a toda gente seu homem exibiria com cara desbragada, com requebros, com desdém de outros homens, e de certa maneira essa outra-eu teria consigo muito de verdade, porque é certo que qualquer homem ao lado de Meu só me faz rir a gosto, ramalhudos esqueletos é o que parecem todos, tardos fetos, erro grandoso de Deus, por exemplo se tomamos de Antônia o marido, esse de nome Bosco, coitadinho, é cicio pequeno à beira da cascata, é gota amarela no mar sem medida do anjo lá de casa, é coceira na montanha farta de aroeira, é letra consoante sozinha no discurso do rei, e agora rio tanto porque me vem asnalhices tamanhas, quero dizer que todos, marido de Antônia, de Lourença, Guilhermina, Emerenciana, Josefa, de todas, são vergonçosos peidos de galinha, verrugas mínimas dentro da verruguice inteira, cisco no lixo, verme no poço infinito que é o corpo de Meu, e nada, nem verme nem cisco fariam das águas ou do lixo outra coisa que não fosse o já dito, quero dizer que minhocaços ou poeira não fariam melhores ou piores as águas e esterqueiras. E coitadinha de Haiága que de repente se vê com serafim lá em casa trazido pela filha, a mesma que com todos os meninos-verruguinhas, ciscos-verme se deitava, a mesma Matamoros mexediça e de quem ninguém nada esperava, eu filha se fosse Haiága, dura cairia como se fosse a jaca de jaqueira num dia de ventania, e até que nem faz nada a mãe coitada, faz-se de graça, de beleza, é coisa muito louvável na saúde da fêmea o querer mostrar-se ainda apetitosa, eu Matamoros se a mãe Haiága trouxesse à casa um tão esquisito tesouro de carne, lutaria até os dentes para ter o seu corpo e adorá-lo, que mulher não faria? E até que nem faz nada a mãe coitada, quarenta anos pesados que se levantam na madrugada para dar alimento ao homem de uma filha tão sempre irrefletude, deve ganhar apenas privança de um sorriso, pois nós sabemos que delicado ele se mostra sempre, até com a cadela da casa, que Gravina também recebe afagos e sorrisos e gosta tanto de Meu que pobrezinha tem solturas de urina quando ele encosta as mãos na barriguinha de manchas, e então se a cadela Gravina se molha de santa alegria porque os humanos até mesmo não se molhariam? E numa desvairança de alegria, descendo o caminho da mata, as flores encostadas à minha carne, as pitangas pesando no côncavo da saia encontro Biona e Rufina de Deus, duas irmãs grandalhonas, tão grandes, tão tamancudas, que só Deus mesmo é quem poderia fazer gente tão forte apesar de que as duas nunca me pareceram de alma boa, tamanho estardalhaço faziam sempre que se as via, uma festa muito fingidona é o que me parecia quando saudavam, quando riam, e uns passos depois grudavam-se uma à outra, aos cochichos e risinhos muito desagradecidos no meu entender porque os que foram saudados respondiam com a delicadeza da verdade, com riso contente, pois só de vê-las o lutuoso parecia engraçado, de preto se vestiam desde que nasci, irmão chorado, matado numas guerras de selvageria, coisa dos homens que são donos da Terra, os íntimos do rei ou de quem seja de nome equivalente a essa autoridade, então pararam quando me viram a mim, os brações escuros muito abertos

Salve a menina Maria
Que cara espirrada de alegria
Igualzinha à cara que eu teria se um anjo descesse à minha cama
Como desceu à tua, Maria. De onde é que vem?
Eu disse que vinha do riacho, da mata, e de colher flores para florir a casa.
Isso estamos a ver, mas perguntamos de que terra é que vem o homem que encontraste.
Meu?
Assim é que se chama? Pois então não te ofendes se te perguntamos como vai o Meu?
Disse que não me ofendia, que podia ser Meu na boca de toda gente mas que só na minha o gosto daquela boca
Olha, Rufina, como se fez mulher altiva a de antes menina
Que vivia amoitada nos raizedos escuros
Os dedos de todos no meio da pombinha
Um pirulito de carne sempre à boca
A perna arreganhada onde até o mico se metia
Então larguei as ramas e as pitangas e fulva me agachei raspando o chão, atirei-lhes punhados de terra e chorei alagada, muito, tanto como se fosse entregar a alma ao Soberano, deixei que as duas vaconas se afastassem para que eu sozinha pudesse gritar meu nome e meu recado alto, assim, aos ouvidos de Deus, gritei rouquenha: sou eu, Santíssimo, Maria Matamoros, mulher a quem tu colocaste a beleza ao colo, não para que fosse essa beleza gozada por Maria mas que fosse Maria de tal maneira invejada que essa beleza-homem que à Maria foi dada, de inveja tamanha, do colo lhe escaparia, sou eu, Santíssimo, a quem tu deste a mãe

Haiága, mãe de início e pesada como todas as mães e a quem na tua loucura transformaste numa rainha clara esquecida da filha, eu, esquecida de todos por mim mesma, mas lembrada pelo que a cada noite me vem à cama, à casa, lembrada apenas porque a beleza-homem me pertence, porque se deita comigo e me beija e no instante em que se deita sei-o por todas beijado, antes da Burra me dizer já eu o sabia, sentia-o, Santíssimo, sinto agulhas na pele quando sou olhada pelas cadelas-mulheres, ainda quando todas se detêm mais em Haiága, no fundo de si mesmas sabem que exaltando Haiága ferem-me a mim, e por que, te pergunto, Soberano, por que justamente a mim que nada desejava, é que foi dada uma cópia de ti? verdade que a beleza ou o que Matamoros pensava que assim se chamasse me vinha às vezes à cabeça numa imagem esfumada, quando nas noites nenhum homem havia, Matamoros deitava-se, as pernas separadas, as mãos em concha lá no escuro da fome, e sonhava uma cara, alguém, e nessa construção de cara muito me demorava, um ovalado de face, umas sombras pinceladas de um pequeno azul no debaixo dos olhos, estava assim cansada essa cara de tanto amor por mim, ia aos poucos construindo-lhe a boca, mas nunca consegui um profundo perfeito, depois a mão agora esticada se apressava e Matamoros a essa cara imperfeita acrescentava um corpo, que dificultoso exercício, Soberano, esse de gozar contente partindo apenas de uma ideia confusa que nos vem à mente, então muitas vezes pensei que tu, condoído das minhas noites sem ninguém, um dia sim o presente de um homem bom e forte, mas nunca imaginei que um sol com o frescor da lua sobre mim se corporificasse, ousei nunca, Santíssimo, imaginar o homem que me deste, nem dessa qualidade de beleza eu suspeitava, então por que, se não ousei pensá-la, por que ma ofertaste? Tão separada me vejo do Divino, tão separada porque se fosse bondoso o lá de cima sei que não me daria contento e espinho num apenas momento, te vejo agora, Soberano, com a loucura pequena das crianças que roubam de repente o pássaro ao ninho só para ver o que sente o pequenino, não te vejo com a loucura de fogo com que a Burra te vê, te vejo castigando mesquinho uma sem importância como eu, uma Maria de nada que nem sabia que a Beleza falava, sorria, e nem sonhava possuí-la, apenas tinha encantos no imaginá-la mas nem tanto, será que te ofendi não pensando como podia ser a Beleza perfeita se viesse de ti? E por que viria de ti para mim um presente de carne quando se sabe e se diz que tu presenteias ao revés, quero dizer que se sabe e se diz que tu dás a fome a quem sofre de gula, dás a ferida na carne a quem cuida do corpo, amorteces a língua daquele que tem prazer na fala, e que assim te parece certo esse fazer para fortalecer-lhes a alma, então por que para mim um adequado presente? presente bom no entender de um pai mas não de Deus, presente que me fez tão feliz porque era justamente um homem-maravilha que me contentaria, então me deste, e ao mesmo tempo uma cinta de couro estrangulando-me a alma, de corpo e presença lá em casa o teu presente, e também o pensamento obsceno de todas na minha casa? E por que não pensaste um monumento de carne fincado numa rua da aldeia? Todas se contentariam e de ninguém seria um homem vindo de ti e plantado numa rua, e quieto e de soturnice, e de dureza de sexo desde o nascer do sol até o sumir da lua. Santíssimo, te falo desse modo porque a humana cabeça tão pequena não compreende loucura agigantada, me vem um outro pensar quando em ti penso, que nós os daqui imaginamos tua vontade se intrometendo no decorrer dos nossos dias mas que pensar assim é pensar longe da verdade, que passeias entre nós por acaso como nós mesmos passeamos num atalho e sem querer machucamos as formigas e muito distraídos muitas vezes arrancamos uma pequena planta ou plantamos outra, um fruto mastigamos e outro esquecido apodrece lá mesmo onde cresceu, junto ao seu ramo, destinos muito distanciados de nós mesmos no entanto tão ligados porque movemos braços e pernas, porque nos deu vontade de andar por ali e tocar e mexer e meter um fruto à boca, o mais próximo da nossa mão que está colada ao braço e que coitada não sabe do pensamento de frutos e de plantas, me vem esse pensar, que tu andas por aqui nuns enormes passeios, e o que tu pensas andando, num instante se corporifica e fica por ali no lugar onde a coisa pensaste, deves ter um punhado muito agitado de ideias na cabeça, por isso quem sabe Meu se fez presente lá perto do lago onde eu estava, Meu pode ter vindo quem sabe da tua cabeça mas nunca me sonhaste companheira de um resíduo da tua santidade, pois pode ser, tudo pode ser pois que não sei de nada, e assim pensando me vejo agora frente à casa, olhos inchados, o colo vazio de flores e pitangas, triste mas mais aquietada, mais calma, como te demoraste diz Haiága, o dia se faz tarde e Meu? Me veio não subir a colina, de cansaço desci ao meio, e encontrei Simeona na beirada da mata

E ela te assustou com as burrices que fala

E Biona e Rufina de Deus, também as encontrei

E o que foi que disseram as duas ossudas de língua malvada? Olha-me.

Então abracei-a nuns soluços altos, Haiága Haiága mãe, vou morrer de pura e de cansante mágoa, nesta terra não há felicidade, sei que não fui boa quando ainda menina, nem depois e nem o sou agora mas tenho no de dentro tanto amor por esse homem bendito que chegou à casa, se o tomam de mim anoiteço como a noite de sempre no comprido poço, hei de ser eternamente meia-noite, buraco no fim de uma pedra num confim de abismo, e deslizei colada ao seu corpo, corpo de mãe querido

aquieta-te, pois quem o tomaria?

todas, nesta fria terra as noites são compridas e alguém virá um dia ninguém virá, ninguém mais dentro desta casa a não ser mãe e filha Endureceu e apertou-me a cara obrigando-me a olhar seus olhos muito abertos e os meus de água não queriam ver os olhos de luta de Haiága, nem os ouvidos queriam ouvir o que dizia a boca, dizia: é homem desta casa, Maria, e só há de pertencer a nós duas, fez uma pausa, riu, e antes que eu pudesse dizer mãe, é homem meu, me disse branda: o homem de minha filha é filho meu. O corpo de Matamoros, meu pobre corpo, pedia uma presença gasalhosa, Haiága me deu vinho, olhei-a um instante através do vermelho, queria muito e por tudo acreditar que a mãe estava ali só para me fazer acarinhada de leal maternidade, contente ela me diz que de comer preparara um cordeiro e que eu ficasse calada dos assuntos do dia, que não contasse a Meu migalhices tão tristes, principalmente não dissesse das ofensas que me fizeram as duas confiançudas, nem do encontro que eu tivera com Simeona, a Burra, que quanto mais calada e mais terna, mais feliz eu faria o homem da casa, diga-lhe principalmente que tu mesma preparaste o cordeiro. Por quê? Porque lhe dará mais prazer. Por quê?

Porque ao homem lhe apetece comer o que faz a própria mulher. Tinha as mãos cheias de pequenas flores amarelas, olhei-as como que perguntando para que serviriam, porque tão rente às flores é que lhes haviam amputado o comprido cabo, me parecendo por isso inadequadas às jarras da casa, e Haiága adivinhando pôs-se de costas para mim e um tom de naturalidade tão naturalíssima deu à frase, à frase esta — para pôr ao redor do que se vai comer — como se fosse corriqueiro entre nós naquela casa enfeitar as comidas e tolo o meu perguntar, como se a cada dia ao redor de bandejas também o imensamente flor, então lhe respondi com algum cansamento: ah sim, como aqui se faz sempre. Virou-se, e vagarosa a meu encontro, dois passos distante de mim Matamoros sentada, Haiága os olhos voltados para o umbigo, depois os olhos levantados para o espaço da janela, para o cair da tarde, externou-se muito sóbria e pausada: à espera de um filho, minha filha, essa é a novidade. Se Haiága houvesse substituído a frase por um punhado enormíssimo de socos no meu inteiro corpo, eu não ficaria mais amolecida nem mais lívida, umas coisas vagarentas e pontudas caminharam pelas minhas tripas, meu sangue se fez mudo numa quietação muito de prenúncios minutos antes de mergulhar num correntoso mundo, num segundo a mente ausentou-se dali, vi a cara de Simeona perto das águas, à minha frente a franzida e pestilenta boca se movendo: mulher e cadela há de morrer e parir. Mulher-cadela, teria dito? Assim se entenderia a frase, sem a junção do E, por que, pergunto, onde haveria cadela igual àquela, a dois passos de mim, onde haveria, não, não cadelas, pois que sempre só foi ternura o que senti pelas cachorras velhas, Haiága não era cadela, imensamente prostitutíssima é o que era, e se há na cabeça das gentes o mesmo pensamento a respeito de mim, digo que ainda que me digam torpezas como as ditas por Biona e Rufina, há em Matamoros qualidade, porque dei-me a mim pública, serpenteada e viva como a água se dá a toda gente, não tratei a carne como alguns tratam o ouro, às escondidas, como Haiága embuçada, que se deu pérfida, a vulva velha às escuras, água de mim foi ouro, ouro suposto de Haiága só pode ser água escura muito terrosa e pesada, e se o homem de mim bebeu dessa mulher a coisa parda, é homem-demônio não homem-deus, ah mãe prostitutíssima toda remoçante e cariciosa, queria eu agora ter ligaduras grandes na cara para não te ver assim parada longezinha de mim, listrando a minha visão de muitas cores, rubrecendo a tua antes azulada figura, porque se neste momento te sei tão nefanda e velhaca, nos imensos profundos de mim te pensava tão santificada, e levantei-me, as unhas comendo a carne de Haiága, então estás cheia, imunda, metendo em si o que pertence à filha, velha puta, mata-me antes que chegue o homem porque nele há de entrar uma faca de luz, iluminada de justiça alta, lá de cima, desvencilhou-se Haiága, uns atalhos de sangue pela cara, gritou escura: nunca toquei o homem e se estou cheia não foi homem de carne, foi desejo obrado do divino, juro-te que não toquei e grito como se o próprio encantado te gritasse, estufa-se no milagre minha velha barriga, estufam-se os peitos de leite, estou cheia mas limpa, homem nenhum a não ser aquele que te colocou em mim. Avessos macabros tem esta mulher, pensei desapossada, trêmula, em seguidinha olhei-a e senti como se colocassem dentro da minha cabeça uma rútila, sábia, apaziguadora ideia, vinda talvez dos ecos da fala de Haiága. Me veio assim: avessos de menina, pobre mãe, sofre de solidão como sofria Córdula velha, cachorra nossa antes de Gravina, as tetas cheias de leite, vômitos mas a barriga vazia, Córdula que na velhice lambia os filhotes de todas as cadelas da aldeia porque somente uma vez deu à luz um cãozinho triste e amarelo, tão doente que o leite da mãe lhe saía sempre pelos pequenos buracos do nariz, depois de sete dias o muito pequenino faleceu e que trabalho o de escolher sua derradeira cova porque Córdula desenterrava o filho a cada dia, sofria de vazios a cadela, de desejos de possuir, mãe Haiága sofre a doença de Córdula, porque antes tinha-me a mim, Matamoros de nada mas tão sua, e agora fiz-me mulher adulta, tenho um dono, um homem, e o todo de dentro de Haiága ficou tão vazio que por conta própria cuidou de enchê-lo, enchê-lo de uns estufados ares ou coisa enfarinhada, químicas de seu corpo doente é que criaram esse suposto leite, ah Córdula mãezinha, se dos nossos desejos apenas, se fizessem vida tão grandes fantasias, então o mundo só teria reis e casas de ouro e homens como este aqui de casa que é de tão bela carne, e da boca só sairia o trigo e a pedra preciosa, não estás cheia, se te abrem a barriga há de ser uma ventania a levantar todas as nossas telhas, e sem querer me pus a rir, ri-me tão farta que Haiága me vendo a mim, e sem conhecer meu relato de dentro, ria e chorava, imaginando-me feliz e encantada de possuir quase a mãe de Jesus também por mãe, então meditei que não devia dizer o em mim ajustado, isto é, Córdula e velhice, Córdula e solidão de cadela e de mãe. Enorme piedadezinha me veio pela roliça e doente ancianidade de Haiága, toalhas muito fofas e molhadas coloquei-lhe na cara, beijei-lhe as mãos, muitos perdões me saíram roucos, outros clarinhos junto ao seu ouvido, disse-lhe a brincar: Haiága, hás de ver que lindo cabritinho há de sair dessa linda barriguinha

há de sair um homem, Maria, de beleza tão dulçurosa como o filho

falas de quem, mãezinha?

de Meu, teu homem. Digo que o filho que trago na barriga há de se parecer com ele, porque, não te enojes, Maria, não me parece pecado desejar para os nossos uma beleza alheia se a desejada nos parece divina, desde o primeiro dia quando trouxeste à casa essa abençoada maravilha, pensei: um filho com esta cara, que mãe não desejaria?

e por que, mãezinha, não pensaste um filho de minha filha com esta cara?

também pensei, mas porque sou mãe, Maria, te vi cheia de dor, enregelante é o que é, minha filha, a hora de parir. Te lembras das romãs maduras? Do gemido estalado que se escuta quando se quebra a casca? E como vão gemendo quanto mais se abrindo? De como é difícil arrancar de dentro aqueles grãos? De uma pele fina lá dentro, grudada àquela dulçura? Pensa tudo isso acontecendo no teu sagrado meio. Parir devia ser sempre coisa da madurez, penúltimo ato, porque depois de parir já se pode morrer.

parir e morrer não é o mesmo

é dor, Maria, como tudo o que acontece nos adentros. Não sentes então, numa soma final, que é mais dor do que alegria o existir?

O falarar de Haiága me parecia doente, em nada havia pausa, foi falando como se o acontecido fosse o simplesmente acontecer de uma naturalíssima tarde, discorreu sobre infortúnios e andanças de toda gente, estendi-me lassa, ela falava falava, e muito talintona colocava coisas sobre a mesa, jarras de vinho, flores, pães, ia e vinha, e entre inúmeros conceitos sobre nascer viver morrer disse-me calma que seria de conveniência que eu Matamoros relatasse a Meu a condição de Haiága-mãe outra vez, que para Haiága se faria tão de acanhamento confessar a um homem essas esquisitices do Senhor, que de antemão sabia que Meu tinha finezas no perceber tais coisas vindas do Alto

pois não é que se torna difícil um contar de milagres? e escuta-me bem, Maria, diremos que os ferimentos foi culpa estouvada e minha, arranhei-me nos limoeiros, por puro sem-jeitismo é que estraguei assim a cara, e outra coisa, que mais ninguém nesta aldeia deste meu novo estado tome conhecimento, dois meses antes do filho nascer vou à casa de nossa prima Heredera, estás me ouvindo? Sim, Haiága, e em mim, Matamoros, era como se os ares estivessem de névoa, havia névoa, suspeição, doença, o que havia dentro daquela casa? Se alguém estivesse ali presente veria como eu, embaçados os ares? Embaçados? Mas via-se cara de Haiága, um brilhoso rosado, via-se na linha da boca um sentimento de amorosa mulher, boca de cantos carnudos levantados, boca de beleza, inteiriça machucada maravilha minha mãe Haiága, e até os pêssegos nos pessegueiros ao lado da varanda qualquer um veria, e vendo as coisas de limpidez ao mesmo tempo eu as via como se vê a terra nos dias calorentos, um tremido impossível de tocar, turvação na transparência, fora tão pouco o vinho que eu bebera, essa embriaguez não era, uma outra condição de escutar e de ver, o que era? E era possível estar ali e ouvir a mãe dizer certezas tão descabidas, vê-la arrumar a mesa como em qualquer dia qualquer mãe verdadeiramente cheia, e saber que só os vazios de Haiága é que se pensavam cheios? Que dia de representações, pensei, que talento pareciam ter todos os desta terra para subir aos tablados altos e enganar as gentes, vi mulheres representando em tablados assim num longe dia de feira, nunca me agradei de fingidas situações, que dia de aborrecida alacridade, Simeona, Haiága, as duas mofosas Biona e Rufina de Deus, profecias, canções, insultos, e quando eu começava a revolver o passado do dia, Meu entra pela casa, contentamento se lhe via na cara, dois pequeninos porcos brancos um em cada braço, alguém passara oferecendo-os comprei com quase nada, vê que maciez, Maria, passa-lhes a mão, Haiága, mas o que tens na cara?

fui colocar a palha ao redor da raiz de uns limoeiros e caí

caíste sobre os ramos? agachada colocando a palha? que

raro

emaranhei-me

e Maria onde estava?

nos trabalhos da casa

como te maltrataram o rosto, Haiága. Amanhã derrubo os limoeiros. derrubá-los? Nunca, pois foi coisa de nada, imagine, se cada vez que me faço estouvada te aborreces, um dia derrubas a casa. Tu nem sabes como me ponho desatenta sempre que mexo com as coisas, não é mesmo, filha?

Gravina farejou os porcos, mouca me fiz à pergunta de Haiága porque em mim uma friez de angústia se fez, me pareceu tão demasia o dizer de Meu, cortar os limoeiros porque Haiága feriu-se na cara? Então se soubesse que fui eu, a mim me mataria? O homem adentrou no corredor da casa para lavar-se. Fui ao quarto. Sentada sobre a cama meditei, de início na maneira de lhe dizer da doença de Haiága, se eu tinha quase certeza da fantasia florida que à mãe lhe subira à cabeça e lhe descera à barriga, num pequeno desvão de mim mesma, num escuro redondo, um trescalar umidoso de ferida. Pois bem, hei de ser inteira atenção, hei de falar olhando-o na cara. Vê-se mais nos olhos ou na boca mentira e verdade? Também as mãos às vezes têm movimentos tênues de revelação, um fechar-se rápido, delicado, côncavo guardando um minúsculo achado, e há gestos gratuitos quando se quer cobrir um espaço de tempo, passamos uma das mãos na cabeça, contornamos lentamente o desenho da sobrancelha, e há passos igualmente sem destino, um buscar impreciso, e amolecida fala desfazendo a ponte empedrada de muita ansiedade. Santos meus, então seria preciso olhá-lo todo? Olhá-lo era senti-lo, sentindo-o sentiria o mundo do meu corpo, e até onde poderia ser atenta se só de sabê-lo a sós comigo me vinha um desfalecimento, um langor, um deixar-me tocar quebradiço e dormente como se deixam tocar as ramas-dormideiras? Como poderia ser atenta e escavar torpezas num homem que ainda que não me tocasse, só de ficar justo em pé à minha frente, olhando-me, me derrubaria de vertigem e de santa beleza? Dialogar com ele os cotidianos me parecia um desastroso roteiro, nos ocos da minha cabeça só sabia de seu hálito, de seu adorável corpo, escavada inteira e preenchida de outro estava eu, me parecendo em muitos momentos um estar em pecado esse sentir gozoso, pois crispação de sentidos tão aguda e demente só se deveria sentir em relação a Deus, estão a ver que minha alma guardava os remotos ensinamentos colados à minha raça, eu não amava como uma qualquer, mesmo que aparentasse ser qualquer uma, de conhecimento cravado nos meus fundos e posto pela mão de Deus sabia que amava conhecendo, mas às vezes escavamos poços tão profundos, de água tão gelatinosa, que nos vem um medo de tal poço e de tal conhecer, ainda mais no fundo um presente culposo embrulhado em adagas, um fascinante e fatal sorvedouro se o desembrulhamos. E desembrulhá-lo para quê? Vícios do pensamento, vamos indo para ver se conseguimos retardar o momento de ajustes, alguns minutos a mais do meu homem lavando-se e eu posso esquecer o pesquisá-lo todo, direi apenas que Haiága pensa que está cheia, e juntos vamos rir, e posso até dizer: como é possível à mãe sentir-se cheia se esse tolo pensamento pode torná-la quando muito, muito cheia sim, mas de si? Volteio a serpente dourada, ela está lá para ser vista, não para ser pesquisada com pensamentos de dissecação e de conquista, falo de minha própria víbora, tem olhos cerrados mas muita mobilidade nos extremos da cauda, tateia meu coração e procura nas veias uma escama que se soltou de seu corpo, feita de sangue pisado, Matamoros quer limpar seu músculo agudo outra vez, acalma-te pequenina, fica tranquila ao lado da minha carne, ajusta teu corpo ao meu sangue que quero cor-de-rosa, esquece meu pesado líquido encarnado, esquece-te a ti mesma, afunda-te, ainda que eu saiba que um veneno que inventamos sempre tem fome e não descansa se não for usado, que seria melhor disciplinar-me e meditar na ideia de um futuro paraíso do que pensar dar de comer a um falso paraíso aqui da Terra disso sei eu, enquanto vou dizendo a víbora se inquieta, sabe que sem meu comando nunca poderá mostrar sua qualidade de guerra, inquieta a minha serpente, mas cadenciado agora e dono de si mesmo o coração, soergo a minha cabeça e digo ao homem lavado que chegou ao quarto

sabes que Haiága pensa que está cheia?

Puxou-me para si, tinha as mãos frias, da água, do espanto, de

possível culpa, não o soube, a boca preciosa roçava-me a nuca, e
as palavras saíam-lhe muito baixas

esquece as fantasias de Haiága, abraça-me, as mães de todos
sonham muitas loucuras

As mãos afagaram-me as costas, as nádegas, comprimiu-se inteiro
contra o meu corpo, levantou-me as saias, me pôs colada à parede,
veneno na minha boca fez com que lhe expulsasse um nome:
Tadeus. Rígido e antecipado no gozo e no suor grosso nem sei se
me ouviu, nem pude saber se rigidez suor e gozo se fizeram por
lhe ter chamado aquele nome ou por delícia de corpo, se havia
nome dado por outro, eu Matamoros não quis repetir, Tadeus de
outro, Meu de mim, homem de Haiága, os três num só olhando-
-me agora um segundo de vigilantíssima siudez, seguido de um
outro segundo de pergunta e sorriso

há um cordeiro na casa? senti-lhe o cheiro.

Tirando as saias, embrulhada num manto, parei ao lado da porta
antes de seguir para lavar-me, a fala amoldada no de sempre
cotidiano, (dom de Meu e de Haiága) respondi-lhe que a mãe
comemorava os seus vazios cheios, que o vinho estava na mesa,
as flores na jarra e ao redor do cordeiro, que ele, Meu, bebesse
vagaroso até que minha presença se fizesse, vagaroso, repeti, sem
afoites, porque parece que há demasiada correria e engolimentos
de tempo, hoje, nesta casa, e saí nuns passos muito lentos e pre-
meditados, um lado do meu corpo amparando-se na aspereza dos
cantos, paredes, a víbora de dentro repensando aquele ato de amor
de diferença tanta de outros atos com o mesmo peso do nome,
perdição mas leveza tinham os outros, fúria e dissimulação este
recente ato de dor, tomara-me como se toma a criada da casa,

ou como se faz engolir à criança o remédio para que suspenda o choro, à força se cale, tomara-me como um homem que não quer ouvir, a cabeça afundada na raiz da nuca de Matamoros, afundada para que eu não lhe visse a cara, e que frase velada — "as mães de todos sonham muitas loucuras" — o que há de querer isso dizer? E que dor me deu de se adentrar em mim sem o cuidado de espaçosa carícia, ele, que às noites sempre me lavava o corpo com a sua língua, que tanto se demorava em cada arrepio de carne, que estranheza de gozo, que avesso de corpo, por isso é que me saiu à boca a fatalidade do outro nome, meu não parecia o homem, sombra de outro? De contorções vazias de alma, dessa forma, é que possuía minha mãe Haiága? Ah, como se faz em nós um contraditório mover-se de felicidade e fadiga, como convivem flores e aranhas, alimentos e tripa, coalescentes coisas desiguais, esconsas, que coita ter um pensar, um sacro emaranhado que não para de ter ideias, de querer formar dentro da cabeça um quadro, coloridas pedras que não se procuram pela parecença externa, antes por um invisível fio de feltro, enrolado mínimo, ponto de ponta de lápis lá no centro desses que se procuram, e não é que se encontram? Como posso sabendo, pensar que não sei? E sabendo, querer no fundo me desvencilhar desse conhecimento? Uma hora me sei no cotovelo do mundo, despencando, e outra hora me sinto acolchoada dentro de alguma barriga, um segundo vejo o homem e mãe molhados numa luta morbosa, obscenidade e excitação singular da velhice de Haiága que assim se apraz de ser à parede montada, e meu homem em fráguas adorando sórdidas singularidades, cansado deve estar de me possuir deitada, tem na cabeça mais pedras coloridas do que os estilhaços de um arco-íris, se é tão belo deve ter tido não sei quantas mulheres, ah, por que não pensei nisso? Me pensando sempre muito mulher com os tolos da aldeia, esqueci-me do que um homem pode ter tido em outras terras, em cidades, ai, viciosas, velhacas e finas essas bandalhas mulheres, e ele de carne, úmido de orvalho, tão recente, tão novo, muito bonitíssimo, sem bem-querer miúdo, totalissimamente agrandado de corpo e de semente, que vocativos longos e pesados devem ter gritado ao seu ouvido, que lagos de sentimento devem ter sentido essas de vadiaria, de dengues e aconchegos, deitadas embaixo do meu homem, que novidades lhe ensinaram, muitas decerto, e Meu tem medo talvez de usá-las em Matamoros porque ela lhe perguntaria de onde essas novidades, tem medo quem sabe de ofender meu pensamento de moça, e reserva carícias paramentadas, lúbricas, para a velhice de Haiága, a brusquidão na parede foi apenas confeito, pigarro antes do discurso inteiro, há de enfiar-se em Haiága em todos os seus Haiága-velhos buracos, começo a sentir o galope da minha música, cascos rompendo um linho de teia, cada um de nós tem a sua dileta melodia, de Haiága aquele ir e vir de vaga e de garganta de antiqualha, sabe abrir-se e fechar-se, lentidão de sanfona, rapidez de fole, a música do seu corpo, da sua fala, do seu caminhar deixa um rastro nos ares de sigilo e pergunta, nunca se sabe até onde o último sonido, pensamos agora vai terminar, último acorde, e atrás de nós outra vez os pisados de lebre, roçar leve nos capins, agora mais apressado mais duro, perguntamos cantaste? Ela responderia: lá dentro sim. E a música continua nos olhos, no ficar parada, no encostar-se à janela, aspirando que cheiros lá de fora? A minha própria melodia tão crua, sem enfeites, parece menos formosa porque sempre se

espraia na claridade do dia, o galope é à luz, o cavalo do corpo
banha-se nas águas frente a todos, Matamoros-cavalo, relincho
puro de amor, malgastado porque o escutar se faz em ouvidos
velhos, velhice de corpo muito conspurcado ou velhice de alma
em corpo novo, um corpo de Haiága, outro corpo de Meu, dos
dois devo ter miniaturas de sangue e de saliva — senão não estaria
a eles tão ligada. E a música de Meu, sua inteira pessoa me faz
pensar naqueles salmos santos de muita gravidade, há profanos
acordes, fazes bem em lembrar-te Matamoros, mas são raros, a
maior parte do tempo seu corpo é um grande instrumento que
ainda não foi pensado pelos homens mas capaz de produzir os
sons do oco, som de duas mãos unidas mas vazias, lá dentro a vida
tem um canto-pulsação que ouvido nenhum ouviu, nem nunca o
meu, mas sei que existe porque assim me diz minha alma antiga,
perpetuidade do dia nos andares de Meu, e também lua nos passos
e um duplo sol de fogo e de frescor, música do adorado envolvendo
de lustros o meu corpo-cavalo, cavalo de Maria mergulhado em
duas fontes, fonte de Haiága, do amante, ai que corda nos amarrou
aos três à mesma casa? Que boca há de querer cantar canção de
loucos? E chego à mesa sentindo antecipada o sabor do mosto
na minha boca, vou sorrir e esquecer-me de canções malditas e
de águas, quero beber como se a noite fosse a minha e não a de
Haiága, mas entendam, um filho ainda não quero ter, há demasia
de amor em mim, mas amor de mulher, nem sombra de pontilhado
do querer de mãe, minha noite não será a de pretensas-fecundas
comemorações, filho algum, filho não nesta noite que há de ser
de felicidade para os três, hei de mostrar-me complacente com o
delírio de Haiága pois filha que sou devo entender a mãe doente,

hei de mostrar-me de arroubamentos de alma para o homem, mas bondade pura vou ter é comigo mesma, gozar boniteza de um, maternidade de cabeça de outra, e muito alongar o desejo ao lado do homem, hei de ser paciente mas paciente gozosa a meu favor, temo que se enterneçam e comam em tanta lentidão esse cordeiro, que muito antes de chegar à cama hei de molhar-me toda, não importa, de qualquer forma hei de ajustar-me ao tempo de suspeitas, quero dizer melhor, hei de abrandar a sombra dessa dália negra sobre a casa, peço ao Senhor: livra-me de mim, de Matamoros crivada de perguntas, dá-me outra vez o homem, que olhares, sorrisos, por muito singulares que pareçam, se assemelhem a olhares e risos do sempre cotidiano, que o toque de Meu nos ferimentos de Halaga neste instante, me saiba à caridade, à perfeita delicadeza, os atos, cada um de espessura rutilante, os atos, hei de esvaziá-los das escamas de luz, colocá-los à sombra, respingá-los de um torpor sem mágoa, Matamoros sem sangue há de ser a princesa da rainha, então que o rei nos tome se quiser, mas que o meu bocado se faça muito meu no quarto, não cederei a ninguém a fúria da minha intimidade, furiosos também os dois se façam sem os meus olhos a postos, atrapalha-me muito pensar na mãe deitada com a vida da filha, mas mais me atrapalharia ver-lhes o fornicar, e cheia de vinho brindo esta secreta proposição de embriaguez, que seja selada para sempre

felicidade, mãe, para nós três

quatro, com este da barriga

amor e vida pela eternidade

Se a baba de Deus envolvesse de veladura a casa cobrindo de maciez o agudo dos espinhos, eu não diria tão certa que nesta hora o mais perfeito se fez, filha que não soube ser tornei-me, beijei Haiága, de livre felicidade chorei, o homem olhou as mulheres como se abraçasse, um apertar de nuvem, um prender de fios de uma nova matéria, que abraço de almas assim nos rodeava, que música deveria ser cantada, letargiante, e ao mesmo tempo nua de carne, música de espuma? E cantaram os dois para Maria, umas modulações brandas, gargalo de cântaros, ondas espaçadas, águas gordas crescendo em volume e depois descansando no corpo do mar, mãe e Meu afinados, companheiros de onde? Cantar de quando? De vidas passadas? Do ontem? Olho de Matamoros olhando-os novo, matizes encharcados de um laranja de doçura, licoroso, febril, anel de ouro fechando-nos num tempo sem nome, um lugar dos longes, desses dois à minha frente gorjeando vi-me filha, Matamoros Maria, filha de Haiága e de Meu, deita-se Maria com o pai que ao mesmo tempo é de Haiága marido-rei, ato fenomenoso esse de se deitar com quem nos fez, a cara do homem mais endurecida, ideia-cara de um primeiro rei, resplandescente, solene, amante-pai numa noite de sempre, eu Maria em volúpia cerimoniosa abrindo-me sagrada para o pai, ato enxugado de palavras mas escuro de gozo, de suspiros, de um arfar em cadência, grosso, o vigor desse possível se fazendo Ideia, Ideia sussurrosa muito real agora: o homem-rei, as mulheres-rainhas, verdade-realeza de uma casa, de nós três, de quatro porque assim o deseja a cabeça de mãe-Haiága por mim coroada, verdade-invento que me fez amante nova e mais gemente nessa noite, toquei-lhe como se tocasse medrosa a pele do cardo, como tocamos os frutos que encontramos na praia, figos-fruto espinhosos, finíssimas agulhas, pensar em apanhá-lo é contornar um todo de aparência quietoso mas em cólera, estender a mão é valentia rara, arrancá-lo é estória de heroicidade que contamos às crianças, mentimos só para lhes ver as caras, mas não é que de repente uma criança o arranca e o come? Matamoros-criança melada de Meu, saboreando um pai que tirou de sua própria cabeça, construindo uma nova armadura para suportar manhãs madrugadas e noites. Como se entendesse o meu papel e pesquisasse demorado o seu, colocou-me ao colo e demorou-se nuns afagos largos e muito licenciosos, olhava ao redor do quarto, às vezes vigiava a porta como se temesse de Haiága a entrada, a garganta fingia um canto pequenino de ninar entrecortado de palavras baixas, rápidas, pedindo que me abrisse mais, ia me abrindo escorrida de gozo, um riacho nas coxas, devagar ele dizia, quieta, sem gritar dizia, vestidos os dois como se aquele instante fosse roubado ao meio do dia e logo mais tivéssemos que nos apresentar frente à rainha, como pôde saber tão sabiamente o seu papel de rei-pai desejoso da filha, se apenas na minha cabeça é que havia esse muito obsceno colocar? Obsceno, Maria? Os nomes carregados de susto, falei obsceno e obsceno não era, que coisa é que fizeram às palavras, que coisa às gentes, grudaram-se à língua e aos nossos costados letras e culpas, que coisa quer dizer isso de se sentir em desejo e culpada? Se pude inventar essa estória do rei e ter parceria madura para concretizá-la, alguma coisa em mim sabe outra coisa que não sei, talvez porque Matamoros dormindo não sonhasse, e somente no dia a dia daquilo que os homens chamam de realidade, fosse possível transformar em verdade o que seria apropriado à fantasia da noite, Matamoros dos sonhos esquecida, vê-se tomada de sonhos no muito denominado concreto da vida, e o que vem a ser isso de sonho e verdade?

AXELROD
(DA PROPORÇÃO)

A *Léo Gilson Ribeiro*
pelas palavras de entusiasmo
todos estes anos.

E enquanto viver
Também depois, na luz
Ou num vazio fundo
Perguntarei: até quando?
Até que se desfaçam
As cordas do sentir.
Nunca até quando.

SIGNIFICANTE, PEROLADO, O TODO DELE estendido em jade lá
no fundo, assim a si mesmo se via, ele via-se, humanoso, respirando
historicidade, historiador composto, umas risadas hô-hô estufadas
como aquelas antigas lustrosas gravatas, via-se em ordem, os livros
anotados, vermelho-cereja sobre os bolcheviques, pequenas cruzes verdes verticais amarelas nas brasilidades revolucionárias,
sangue nenhum sob as palmeiras, sangue nenhum à vista, só no
cimento dos quadrados, no centro das grades, no escuro das paredes, sangue em segredo, ah disso ele sabia, mas vivo, comprido,
significante na sua austeridade era melhor calar o sangue em

segredo, depois que tinha ele a ver com isso? A ver com os homens? homens num só ritmo, sangue sempre, ambições, as máscaras endurecidas sobre a cara, repetia curioso, curioso meus alunos a verdade é *nil novi super terram*, nada de novo, nada de novo professor Axelrod Silva? Nada, roda sempre cuspindo a mesma água, axial a história meus queridos, feixes duros partindo de um só eixo, intensíssima ordem, a luz batendo nos feixes e no eixo em diversificadas horas é que vos dá a ideia de que na história nada se repete, oh sim tudo, tudo é um só dente, uma só carne, uma garra grossa, um grossar indecomponível, um ISSO para sempre. Escavar o quê, se o seu existir, o seu de fora, a ciência dos feitos, a dura história, grafias, todos esses acontecimentos possuíam a qualidade soberba das perobas, perenes, ele ouvira, os trens passarão por esses dormentes, meu filho, para sempre para sempre. Pra onde vão os trens meu pai? Para Mahal, Tamí, para Camirí, espaços no mapa, e depois o pai ria: também pra lugar algum meu filho, tu podes ir e ainda que se mova o trem tu não te moves de ti. Mover-se. Por que não? Agora em férias, no segundo semestre falaria das revoluções, de muitas, vermelhas verdes negras amarelas, enfoques adequados nem veementes nem solenes, enfoques despidos de adorno, o tom de voz nem oleoso nem vivaz, um sobretom doce-pardacento, o lenço nas lentes, tirando e pondo os óculos, já se via no segundo semestre tirando pondo vivo comprido significante repetindo: pois é sempre o ISSO meus queridos, cinco ou seis pensamenteando, folhetos folhetins afrescos, sussurro no casebre, na casinhola das ferramentas, no poço seco, e depois uma nítida vivosa sangueira, e em seguida o quê? um vertical de luzes cristalizado por um tempo, um limpar de lixões, alguns anos, e outra vez ideias, bandeirolas, tudo da cor conforme a cor de novos cinco ou seis. Um ISSO rígido, cegante, nele e no que o envolvia, cinzeiros, mesa, canetas, compêndios, espátulas, ombros retos, medula esticada, ordem-matriz dentro de si mesmo, haveria uns moles, alguma coisa fresca que lá por dentro ainda se movia? Alguma convulsão? Pensou-se Axelrod Silva. Num introito purificador monologou: um aquém de mim mesmo, um, que não sei, move-se se vejo fotografias daqueles escavados, aqueles de Auschwitz Belzec Treblinka Majdanek, se vejo bocas de fome, esquálidas negruras, se vejo, vejamos, se penso no relato de minha aluna, eu vou contar professor Axelrod, vou contar colada ao seu ouvido: choques elétricos na vagina, no ânus, dentro dos ouvidos, depois os pelos aqui debaixo incendiados, um médico filho da puta ao lado, rápidas massagens a cada desmaio, vermelhuras, clarões, os buracos sangrando. Por quê? Levantou a máscara de acrílico de um soldado do rei? Confidenciou? Disse coisas de fúria boca a boca? Ela contava e nele moviam-se uns agressivos moles, ânsia e solidão, dilatado espremeu as pernas, e um outro ele ejaculou terrores e pobreza, um outro se apossou dele significante, um outro grotesco espasmódico fluía, um ISSO inoportuno e desordenado em Axelrod, Axelrod que até então se conhecia invicto. Tu não te moves de ti, tunãotemovesdeti de ti de ti, o passo do trem, tu e o trem, penso que me movo, Einstein meu bem quem me vê passar diz que o trem se move comigo amém, sentado imóvel, topografia tensa da minha víscera, articulo pausado uns intangíveis, Axelrod vai se dizendo que, até que enfim, então movi-me, sou este corpo do trem, cinza cascoso, há em mim estridências, recuadas, movo-me imóvel em direção à aldeia onde nasci, o existir de Haiága minha tia, com seus cáctus cizais, seu cogito arrumado de duros verdolengos, há dez anos Haiága se propôs fazer canteiros, vê, Axel, começo com alcacho-fras, têm folhas que sabem o que querem, fecham-se sobre o seu ovo, protegem-se, acautelam-se, cuida Axelrod do teu à volta, não te pareças nunca àquele canteiro lá no fundo, um turbilhão amolecido de rosadas dálias, parecença de vida vigorosa mas vai até lá, vai, vamos toca, vê? Molura, caimentos, é como se afun-dasses a mão na espuma, como se eu mesma me tocasse a vagina. A vagina, Haiága? Essas molezas, e ria ria a mão direita aberta entre os dois peitos duros. Há dez anos, e agora? Uma fortaleza vegetal talvez, palpante de verduras, os peitos quem sabe uns pequeninos cristais, quem sabe me vem da tia esse gene ordenado, esses alhures pontudos, um não estofamento, um pensar fixo volteando o eixo? Historicidade da planura, a paisagem afundando no olho, vou engolindo anárquico o que vejo, Axelrod-viagem, como quem se esvazia e se preenche, às pressas vai colocando o coração os rins em ocas compartimentações: teve ardores? filtrou deslizante emoções antes de conquistá-las por inteiro? Esquivou--se de todos os socos no peito, ah sim, e como, olhou a história numa redondez, num sedoso amarelo como quem vê laranjas num quadrado de sol, caminha sobre as laranjas flutuando, digno nem sonha que caminha igual sobre si mesmo, move-se o trem tu não te moves de ti, tu não te moves de ti, que coisa se movia em Axelrod, que coisa o excitava num estertor... quando vi foto-grafias de diferentes estágios de sofisticados armamentos, quando vi Von Braun nos filmes caminhando ao lado daquele que nasceu em Braunau sobre o Inn, botas fileiras hastes metálicas sustentando bandeiras, armamentos, métodos, ordenada liturgia, um isso exaltado se move em Axelrod Silva quando ouve o desnudo relato de sua aluna, e nos diagramas esquemas, nas brutalidades reluzentes, move-se agora em direção à privada do trem, seu lenço azulado envolve a maçaneta, fecha-se ereto, a cara se vê no espelho-quadro, o cristal corroído, cara limpa de Axelrod num cotidiano imobilismo, desabotoa-se pensado, os dedos contornam os botões da braguilha em delicada tensão, alguém que desabotoasse a blusa de fino crepe da mulher amada não alcançaria delicadeza de pontas de dedo tão vibrátil, o sexo quase casto afeito à sua mão, finezas rosadas, palma e sexo, olha ao redor da privada, olha dentro, permite-se pensar um — gozado mijar parado num corrido de trem — pensa-se menino, um outro lhe dizendo: mijei de gozo. Um mictório de trem, um segurar-se de pés, abotoa-se em aprumo, olha a cara novamente, decide lavar os óculos, torcem a maçaneta tem gente? Assusta-se, já ia saindo, Tá limpo esse troço? desculpe não pensei que tinha gente, Não foi nada, é que tudo é tão apertado, por isso se demora, É, precisa ser de circo pra mijar nesse troço. Não seria para o olho dos outros tão restritivo, centrífugo, a aluna lhe fizera confissões, falavam-lhe com naturalidade à porta de um mictório de trem, (falam assim com todos?) precisa ser de circo pra mijar nesse troço, íntimo até, talvez Axelrod se pensasse a si mesmo em contínua oposição, talvez aquele que ainda urina enquanto ele caminha procurando equilíbrio, talvez aquele... como me viu aquele que me falou? Que extensão de mim tocou-lhe o avesso? Fui só alguém que saiu de um mictório de trem, alguém composto, por que me digo composto? No olho desse outro, se de fato lhe toquei, se um projetar-se de mim colou-se a ele, então viu deboches, me viu postiçoso, viu minha invisibilidade senão não teria dito íntimo sorrindo: precisa ser de circo pra mijar nesse troço. Postiçoso. Tenho sido. De circo, me movendo no extenso corpo do trem, na redondez do mundo, inflado, mas ainda réplica achatada dos pensares de dentro, de circo sim, atuando como se fosse aquele que apresenta ao público o domador, o palhaço, a moça do cavalo, aquele de gravatoso pretume, o apresentador, mas lá no invisível se sabendo o tigre, a cambalhota, a viva cavalidade. Em mim um muito de todos, pompas, fachadas (aquelas fotografias meu Deus, modelo-magia das suásticas, os acordes, o vivo prateado sobre o rosto de tantos, cintilâncias), em mim um muito do outro, um quase tudo, um existir para a morte esse meu muito do outro e uma exceção, a minha, ser tudo de mim, ser Axelrod, desnudado me pertencer e ser esse que confessa agora suas pompas seus acordes seu vivo prateado, cintilâncias, pensar que sei de tudo

há povos tarântulas

há homens tarântulas

há o homem com seus vapores de senilidade e suas jovens perguntas escuta meu filho, se queres ver o trem te apressa, mais um pouco e ele passa gemendo, ando com meu pai, é manhãzinha, mastigo o pão no caminho, vamos vamos, tu mesmo é que te afogas no choro se não vês o trem, anda

a gente vai ver o maquinista outra vez? E como podes pensar que algum dia não vais ver o maquinista? Corre-se o capim umedecendo as pernas, um grande frescor na cara, um gozo no peito, a mão do meu pai grudada à minha, nervudo pai de ossos alongados, doçura de repente e de repente fúria, cismação, escrevendo nos papéis

de embrulho, nas paredes, um olho de opressor te disseram, um olho de estilete, um cicio crescendo tu não te moves de ti
o quê pai?
ainda que se mova o trem tu não te moves de ti
E a voz de Haiága cobrindo de calêndulas a frase, se sobrepondo, vem Axel, me puxando, Olha o cheiro que vem vindo da terra, olha como cresceram as amoreiras, terra cheiro calêndulas amoras cada vez que o pai mergulhava naquele refrão, tu não te moves de ti apenas ciciando, depois mais vivo, pra dentro ainda mas aos poucos subindo, depois aos gritos, turvo rouco, ainda que se mova o trem tu não te moves de ti, o que há com o pai, Haiága? São dias, são momentos, há pessoas assim que num segundo fervem, se pensam, entendes? Não. Ele tá louco, Haiága? Não não, apenas se pensa muito, por algumas horas se pensa, pensa em si mesmo, é isso Axel. Como é essa coisa da gente se pensar? Umas lutas com a tua alma do mato, com o lá de trás. Hen? Pois então, é isso, temos duas almas, uma parecida com o teu próprio corpo, assim bonito, andas crescendo, e a outra parecida, difícil de dizer, a outra alma não se parecendo a nada de tudo isso teu. Como é a outra alma do pai? Quem é que sabe, alma de leopardo, onceira, esses bichos grandes, raros. Raro é ouro, o pai é raro?
Ah isso ele é, meu menino, isso sim ele é. Raro cada um de nós, raro cada movimento aparentemente habitual, sento-me ao lado da janela, os cílios se tocaram num segundo e um segundo antes vi o ser do cachorro olhando o trem, o corpo torto, ele inteiro exsudando angústia, lá na escuridão das vísceras movi-me inteiro vendo o cachorro exsudar angústia, e aqui neste clarão, sentado neste corrido de trem, o moço me olhando à minha frente,

o moço não viu que me movi por inteiro, que no ser do cachorro olhando o trem também eu Axelrod-cachorro, a cada dia, na minha anterioridade, no meu Antes, também eu-tu-moço um dia olhando alguém que se soube num segundo tomado de sua alma primitiva, e no clarão, sentado, composto, acendendo o cigarro me distancio de tudo o que sei

há tempos que eu não andava de trem. e você?

quase sempre. vou ver a família e

hein?

e também uma amiga

vai ver a família ou a amiga?

Descontraiu-se, ajeitou-se ao banco, e coerente com descontração e ajeitamento, coerente com a leveza sorriso da pergunta, sorriu de grandes dentes, chatice não estar lá ao lado, e o medo sempre de quê? Bem de tudo, a outra pode me esquecer não é? amar um outro, um perigo danado por aí. Que perigo? Sei lá, cara, até na morte a gente pensa quando ama, isso do amor, quer saber, a gente pena um bocado. Vejo o avesso das casas, os quintais, gaiolas, varais, vejo o fundo das fachadas, uma meninazinha defecando junto à cerca de tábuas, mais lento o corpo cascoso do trem se movendo, mangueiras e alguém num sonho me dizendo que à escura senhora muito lhe apetece esse gosto amarelo e esse cheiro molento das mangueiras. A escura senhora. A morte. Alguém me dissera em sonhos que a morte gosta de mangas? Por quê? Haiága nunca teve mangueiras, uma sim, uma única mangueira atrás do casebre de ferramentas do pai, lá onde havia cismação, nos papéis de embrulho, nas paredes escrevendo há povos tarântulas, homens tarântulas, Vitória rainha engolindo povos, hunos engolindo muitos, claros

engolindo escuros, o que é tarântula hen? Dizem, filho, que quando
ela pica, a gente canta e dança, licosa tarântula adentrando o mundo,
os homens, o coração do homem é uma tarântula, filho, por isso
corta a ponta das adagas, de muitas, e pontilha o teu coração, uma
arma de carne pontilhada de pontas e então esmaga. Adaga? Fere
como a ponta da faca, esmaga as tarântulas. Um ao lado lá dentro
me dizendo: porra que pai, tu só podia pifar com esses discursos
nada veneráveis.
bem, isso é verdade, quando se ama a gente pena um bocado e,
e não é que vale a pena?
Quando se ama. Atolado de mel. Axelrod-criança crescendo e
não coincidindo com a geometria do outro, ouvindo lendo livros
ensaios jornais, vivendo sua vontade de inerência viu o todo do
mundo, cruezas, viu o duro de tudo, compreendeu Haiága com
seus cáctus cizais, seus rígidos perigosos, seu afastamento, compreendeu o pontudo, atolado de mel Axelrod recebia do outro a
ferida, o furo, uma rede textura extensa de selvageria, apalpando-
-se melado tateava o süss, o dolce, o doux, o doce de si mesmo,
segregando doçuras se soube em retração, encolhendo
ela pode ser macia a tarântula, dulcíssima… Hein?
Um mel escuro, um belo tufo imóvel, sonolento, um agasalho
fofo, uma armadura de teias, te sentirás melhor debaixo dela,
melhor do que debaixo de uma colcha de ventos, te cobrirás de
um efetivo puro. Aspirou esse ser oculto, alagado de nojo vin-
culou-se, o pai dizia o revés, propondo um envoltório de pontas
para matar a aguda maciez, ele seria o ser de todos, o escuro
encarnado, a grande maioria, se há em todos o nítido obscuro,
Naquele que se diz O Um há certamente uma fatal veludez,

o corpo desejado, recuam se te veem, sempre se assustam se veem a semelhança, o ideal modelo. Tu não te assustarias se visses a ti mesmo em múltipla dimensão, tua nuca, tuas costas, teu todo contorno, tuas ancas? Porque é verdade, Axelrod, que jamais te vês, o olho do outro te examina e tu apenas refletes o espelho-outro, filmado, fotografado, mas ainda não és tu, não o essencial, o essencial numa profundidade iluminante num oco insuspeitoso

onde vivem as tarântulas?

na gruta, nos desertos, nos vãos, em ti

em mim, pai?

Nunca aparecem, diz Haiága, olha, eu que tenho visto o equivalente ao lixo do mundo, nunca vi uma, vi essas atrás dos quadros, essas da grama, aquelas muitíssimo pernilongas, umas mínimas, cala a boca, Haiága, tu entendes bem pouco do que eu digo

quase tudo, e também a membrura do opressor que transmite ao filho.

para que se acrescente, não se dobre, para que se examine, se aceite núcleo de medo, que não arrebente, não estufe num alagado de doçuras.

tu és bem doce quando te deitas comigo.

isso é diferente, mulher, és bem macia e plantas os teus duros, cáctus, alcachofras, e andas também como um cavalo mas gorjeias, galopes, trinados, conheço essas velhacarias de fêmea, esse ser um e outro, mas meu filho vai ser um.

duro por fora, cozido por dentro

não importa, contanto que não vejam o escavado molengo do de dentro.

Viajor imóvel o trem avança e um ímã poderoso me retém, penso que me movo Einstein meu bem, mas movo-me atrás de minhas costas, cordas do espaço-tempo segurando o fardo do meu corpo, a aldeia está distante, à frente, o trem avança e eu recuo avançando, o pai está morto e eu o trago de volta, falas ao meu ouvido pai, num jorro tormentoso, e queres saber? Muito me satisfaz o ainda não te entender por inteiro, se eu te entendesse estaria agarrado à lucidez mas estaria louco, livre como tu mas louco, e ainda não, apesar dos relâmpagos aderentes à fala, de um cinzento corroído de umidade, de uns vermelhos que não compreendo, neste instante na paisagem de fora vejo bacias e varais e uma mulher me olha um segundo antes de enterrar a faca nos costados de um porco, a saia levantada, o animal entre as pernas, guinchos espirram na janela, e o süss de um sorriso antes da cutelada, por que me olhou a mulher, por que me sorriu antes de enterrar a faca? Por que me molhei de um jato, sem esforço, autômato num espasmo?
o senhor se assustou? que precisão hem? afinal não parecem tão frágeis
quem?
as mulheres. o senhor viu não viu?
Ah sim. Assustei-me um pouco sim, perdão vou lavar o rosto, o pescoço, precisão sim, trêmulo dou grandes passos, ando pausado, agarro-me aos bancos, aliviado vejo livre o mictório do trem, esqueço o lenço e agarro a maçaneta fria, a mão fervente, entro, e dobrado sobre a pia, a água escorrendo, expulso gosmas e palavras: que ainda não entendo, que se colou a mim um isso grotesco e espasmódico, que ser assim é fazer parte do Isso imundo do mundo, Axelrod-verdugo então conseguiste hein? Fala-me,

por favor Haiága, do cheiro da terra, de amoreiras, suspende as calêndulas sobre os meus atos, perfuma teu menino, repete a tua frase: homem, teu filho não entende, não vês que não entende? não vês que é um menino? Tu não te moves de ti, tu não te moves de ti, ainda que se mova o trem tu não te moves de ti, por favor, Haiága, fecha os meus escavados, sutura as grandes janelas que me fiz, o escuro explodindo no vermelho, a violência da víscera, o estufado grosso reprimido, minha cintilante precisão, fecha os meus meios mato-me a mim se me compreendo, vou até onde, pai, imóvel me movendo? Até uns claros confins? A um alagado de nojo? Alagado de nojo me esfuçalho, interiorizo o porco, sou um daqueles que correm em direção ao fundo, agrido-me como se fosse dono da verdade, como um cristão, como todos os cristãos que até hoje carregam o monopólio da luz como se o caminho fosse um, um só, Eu sou a Verdade, eu não o sou, se te encontrasse bêbado Homem Um, alagado de nojo como eu mesmo, numa luta corpo a corpo com teu sexo, numa fantasia torpe, se te encontrasse ao lado da figueira dizendo outras palavras, não aquelas, não as amaldiçoadas, abençoando, porque o mais certo era abençoá-la, não era tempo de figos e não dá figos a figueira se não é o seu tempo, então bêbado, louco-criança, alisando o tronco, compreendendo (porque ninguém compreende mais as coisas do que um bêbado,) se te encontrasse ali, doçura amolecida porque compreendendo, mas ainda difuso e turvo porque compreendendo, o sexo na mão como eu mesmo neste instante, olhando minha raiz de violência, prazer se me cobres de sangue, se te cubro de excremento, se te encontrasse ali bêbado louco-criança se perguntando fundo dessa estranheza, dessa ferida de ser e de existir, a mim me perguntando:

Axelrod Silva, também sentes o todo como eu? um todo entrela-
çado de sangue e violência? também te sentes homem como eu?
sim Jeshua, trêmulo como um mártir porco entre as pernas da
mulher, trêmulo porque existindo.
também te sentes Axelrod Silva como um bêbado olhando o
mundo, compreendendo sem poder verbalizar o compreendido?
também isso Jeshua, quase colado à fronteira da loucura, pronto
para o pulo, mas homem que sou coexistindo cúmplice do meu
próprio fardo.
Bêbados abraçados, olhando a lua, banais, espiando os sapos,
convictos assassinando com toda precisão, juntos num mictório
de trem, soluçando, tu não te moves de ti, movo-me um pouco
sim, meu pai, movo-me da mesma forma que te movias na casinhola de ferramentas, rouco, movo-me como aqueles cinco ou
seis que pensamentearam no casebre, sussurros, cicios, folhetos,
folhetins, afrescos, movo-me cobrindo de palavras o meu muro,
ainda não sei se é possível juntar palavras possuídas da mesma
precisão da cutelada, frases de vivida unidade, frases como um
triângulo, triângulo sempre antes de mim de ti, e ainda que soubesse não teria certeza onde esse ISSO de saber me levaria, A que
lugar me levaria o meu dizer-precisão? A um jardim triangular
no paraíso? tem gente?
tem gente sim
pô, cara, já tem seis na fila, tá doente?
Um pouco sim, perdão, isso do trem às vezes me faz mal, perdão,
o cara tá amarelo mesmo, com licença, não precisa me segurar não, por favor não demora moço, a minha menina aqui tá
muito apertada, vai na frente então, a gente sempre se aguenta.

Aguentamo-nos porque a morte está logo ali, aqui se quisermos, morte escura senhora lambedora de sumos, linguagem do meu sonho, alguém dizendo a outro alguém enquanto me equilibro pelos corredores — ai vida pequenina e brevezinha — ah sim e também tão comprida se resolves retomar inesgotável a trilha lá de trás e o tempo triplo, um passado sem ponta, sem raiz, os começos sempre ao meio, porque o início de ti, o teu primeiro, o carregoso Axelrod que te tornaste não sabe desse início, podes regressar como se começasses mas sabes de antemão que jamais te repensas no teu real começo, estou ao meio ainda que me inicie lembradiço, exúbere me penso, mas minha verdade pode ser aquela quando sugava o teu seio, terra-humanidade, um Axelrod primeiro, leitoso pequenino, ou um de pedra, ou apenas uma larva, ou um verdoso mínimo ou pertencendo idêntico à tua matéria, terra, depois espelhos sucessivos presentes e futuros e um primeiro espelho refletindo juventude tensa e viajora, ver a namorada nuns fins que não me lembro, olhar sonâmbulo no trem a paisagem de fora e ver só o visível, a precisão da cutelada, túrgido de medo só sentir sentimentos-perigo, pensar a morte sim, mas só porque podia te perder, respondendo baço um perigo danado por aí, não vendo o homem convulso à tua frente, nem suspeitando o corpo aguilhoado que ele viria a ter, um corpo sempre em guerra com o mundo, uma paranoica coerência porque se revia repetindo atos e jamais apreendendo, coerente sim com a História, repetindo sempre. Movi-me agora? movemo-nos? Tentando rever, catalogando, buscando a mão que colocou o primeiro novelo no primeiro suporte, girando todos juntos, o fio do primeiro no segundo, o segundo no terceiro enovelando, uns moles múltiplos, gosmas em toda a extensão do fio, estou aqui na ponta e devo recuar e descobrir coisas de um Axelrod bizantino, seus paradoxos, seu quase todo ininteligível, pergunto fatos e me respondo tortuoso, pergunto de concretudes e vem um sopro, tenuidade, emoções, ou vem o bizantino histórico "paraíso do monopólio, do privilégio, do paternalismo" (permito-me um aparte: idêntico ao painel de agora,) ou vem Axelrod-mosaico, viajo para te ver melhor, inteiro, distanciado reconhecer o momento, o lugar onde te fizeste opressor. Uma cena de caça? uma bela cena doméstica? uma estória de amor? um grande mosaico onde te descobres desejoso de santidade, de uma vida ascética? E lembro-me apenas de um retrato, morenosa, gordota, minha namorada, uns pezinhos redondos, um olhar espertinho, uma banalidade exemplar, frívolo coraçãozinho, o corpo cheirando a talco ross, uma única pedra de um mosaico insólito minha namorada, e suas caretices, a blusa ajustada aos seios, exibidora, nada de tecidos bizantinos ouro e prata, reduzidas palavras, nenhuma agressão, não me cuspiu na cara, não me chamou de corno nem de puto, era doce a pobrezinha, faz um esforço Axel, quem sabe amoleceste na primeira noite hen? houve uma primeira noite? Ah isso houve, uma bela besteira, uma corrida, fui enfiando como um asmático respira, ansioso, uns chiados, tropeçando e depois recolocando, e a outra e seus discursos patetas na minha nuca. Cortar a língua às mulheres, tênues, volumosas ou franzinas todas um pouco idiotas, sentientes imprecisas, ronronando imprecisões, afinal que costela foi essa hen ó de Cima, que Sein pretendias hen? Unir-se, Axelrod, unir-se a alguém, é disso que precisas. A quem? À História? Como se ela fosse alguém essa falada História, penugenta andando por aí, como se ela fosse real, olha aí a História, tá passando aí, olha pra ela, olha a História te engolindo, jantas hoje com a História, os filhinhos da História, Marat marx mao, o primeiro homicida, o segundo tantas coisas humanista sociólogo economista agitador, ó tão fundo esse segundo, tão História tão Estado. E que terceiro, ó gente, que terceiro.

já leu Marx?

maçante aquilo tudo

mas leu?

sim, o que pude conseguir, as cartas aos amigos dizem mais dele do que tudo

que límpido ordenado, que precisões hen? liberdade pra quê? liberdade têm os outros de te montar em cima, de te arrancarem o naco de carne da boca, tens medo de que te tirem o que se não tens nada? Marx meu amor, te amei tão História, Mao e Shu vocês também, que soerguido vital, que caminhadas que floração, que linguagem, e fui relendo, anotando, cintilantes esquemas, destrinchações, como se eu fosse jantar com a História logo mais, como se eu fosse meter com a História, as pernocas abertas da História, as coxonas cozidas de tão faladas, o vaginão da História, vermelhusco, baboso, e o meu fiapo magro nadando lá por dentro já leu tudo, menino? já sabe tudo de mim, como me fiz, o que sou?

sim dona História

viu que gente de primeira já andou por aí?

sim dona História

e que sangueira hein filho? que linguagens, que porte, que pompas Vou entrando na História, endurecendo, vou morrendo explodindo em faíscas, a cavernosa vai me comendo, ímã gozoso, já não sou Axelrod Silva, sou nomes, fachadas, sou máscara, já não penso, pensam por mim, sou credo, sou catecismo, sou bandeira, sou acorde, sou principalmente Político, o peito teso empinado, tenho ideias mas já não sou Axelrod Silva, tudo o que quiserdes, menos eu, a História me chupa inteiro, a língua porejando sangue goza filhinho

sim dona História, vou indo, estou cheio de ideias, tenho dúvidas, tenho gozos rápidos e agudos, vou te apalpando agora, o povo me olha, o povo quer muito de mim, gosto do povo, devo ser o povo, devo ser um único e harmônico povo-ovo, devo morrer pelo povo, adentrado nele, devo rugir e ser um só com o povo, Axelrod-povo, Axelrod-coesão, virulência, Axelrod-filho do povo, HISTÓRIA/POVO, janto com meus pais, sopa de proletariado, pãezinhos mencheviques, engulo o monopólio, emocionado bebo a revolução, lento vou digerindo o intelecto, mas estou faminto, estarei sempre faminto, cago o capitalismo, o lucro, a bolsa de títulos, e ainda estou faminto, ô meu deus, eu me quero a mim, ossudo seco, eu.

doutor, o trem tá parando, vai parar aqui um pouco.

chegamos?

imagine doutor, ainda falta, o senhor está suando muito, quer um refresco? posso ajudá-lo?

vai parar aqui?

uma boiada, e ao mesmo tempo uns enguiços na máquina, uma hora talvez, não mais

devo descer então?

esticar as pernas doutor, é melhor, o senhor está suando muito, uma mancha vermelha aí onde?

na sua testa, dormiu de mau jeito, não foi? a testa encostou nesse duro da madeira, não foi?

Vermelhosuras da História, devo descer mas ela não me larga, grudou-se, chutar a cabeça da História, chutar a bola-cabeça em direção à trave, também joguei sim senhores, joguei, ia chutando a cabeça de muitos naquela única bola, esfacelei uns branquicentos moles, a mim mesmo chutei, chutei minha comensurabilidade, meu limite, meu finito fibroso, minha putrescível cabeça, minha vermelha dura fixa cabeça, ah um ocre que vi e não me esqueço, num canto, a parede rebrilhava num branco exibido obsceno e no canto aquele ocre, esqueceram-se, eu perguntei, esqueceram-se de pintar aquilo ali? Aquilo onde? cruzes, cara, aquele ocre ali, olha-vam-me, não viam ocre algum, ah mas que ocre, senhores, que ocre, como a fundura de um peixe, escamas ocres lá no fundo, como certos chamalotes, um vermelho-ocre tafetoso, uns estilhados de ruído, aquele ocre ali, que fogaço mínimo, mas que luz a luz daquele ocre. Devo suportar o que me vem, vem vindo, minha cabeça de laca, de sangue esmaltado, efêmero tu mínimo, Axelrod, habitante de um planeta mínimo, bola planeta de uma risível estrela desta Via, lactente pequenino se pensando inchado em abastança, ridículo pequenino abasbacado, laca diluída nas tuas veias, coágulos, então Axelrod te moves quando pensas? ou circulas no teu ridículo espaço com a pompa dos pavões, o peito purgando adjetivos, togado, promotor, te acuso Axelrod Silva de se supor a si mesmo um pretenso diferenciado de fornicar a História com teu magro minguado. Te acuso de indecências, de pensamenteios, de friorentas ideias, nunca te moverás, maquinista do Nada. podemos descer juntos, o senhor quer? há uma colina mais adiante e abetos como?

não nada, sim, pode ser bom caminhar até a colina, foi isso que pensei, andar um pouco enquanto o trem, olhe, acenderam as luzes, podemos ver o trem de longe iluminado.

Esguio, de passadas lentas, a nuca magra, o olhar é de um cinzento alagado, tenso de ombro e omoplata, discorre pausado de topografias, que à nossa frente, esta, se parece a outras que já viu mas não se lembra onde, que viu tão pouco de tudo e que por isso deveria lembrar-se desse pouco onde, olhe ali, há queimadas, se não vou me cansar até o pequeno topo, não não, imagine eu digo, também nem tanto, quarenta e dois anos ainda suportam um passeio na tarde, e há esse frescor, esse caimento, o cheiro dos abetos. Como? O cheiro desses verdes, ah sim, parecem estranhos, o mundo também, a forma das coisas, é um gavião lá no alto? Sim, pode ser, e me diz que não quis dizer que eu lhe parecia velho, que nem pensou nisso quando perguntou se eu não me cansaria até o pequeno topo, digo que não me importo com esses luxos da idade, que aos vinte temos muitas certezas e depois só dúvidas.

certeza de nada eu tenho

exceção. Aos vinte pontifiquei, tinha um orgulho danado, um visual pretensamente sábio

como?

discorria claro sobre as coisas, pensava que via

o senhor é professor?

sim, História

Apressado me interrompe, entre eu e ele um espesso, por que me interrompe? entre eu e ele uns afastados, parece desejar chegar ao topo, sim porque deve ser bonito ver o trem lá embaixo iluminado, da História diz que não sabe nada, da sua própria estória sim, começa a correr como se me esquecesse, bem assim também não, correr na subida já maltrata coronárias coração, escuto-lhe a risada quinze passos acima, vejo-o de frente, longo, um nítido de sol numa das faces, não, não devo subir mais, o espesso desmanchando-se, está vivo à minha frente como se fosse o primeiro vivo visto, digo que o moço está tão vivo e tão adequado àquele espaço, tão singularmente colocado que

vamos, venha, ou desço para te ajudar?

Desço para te ajudar, íntimo, caloroso, estendeu os braços, amplo, lento pensando o passo vou subindo, o visível pensado me diz que ha um medo se construindo em suor e vazios, o visível pensado não nomeia este medo, não deveria subir mas vou subindo, amasso com meus pés os tufos verdes, fixo-me nos sapatos, moles, úmidos, as meias molhadas, um ridículo Gólgota, sorrio, falta um, não deveriam ser três? Ele e os dois, e faltam cruzes, os dois viram-no subir lá do alto das cruzes? E faz falta a multidão, os lamentos, e a hora da subida não foi esta, subiu a que hora Jeshua? ao meio-dia? A hora, seis e meia a minha, ridiculez de subida, a camisa empapada, tenho cheiros? cheiro como um homem, aprumo-me, sou um homem, tropeço, estou de bruços, de bruços pronto para ser usado, saqueado, ajustado à minha latinidade, esta sim, real, esta de bruços, as incontáveis infinitas cósmicas fornicações em toda a minha brasilidade, eu de bruços vilipendiado, mil duros no meu acósmico buraco, entregando tudo, meus ricos fundos de dentro, minha alma, ah muito conforme seo Silva, muitíssimo adequado tu de bruços, e no aparente arrotando grosso, chutando

a bola, cantando, te chamam de bundeiro os ricos lá de fora seo
Silva brasileiro, seo Macho Silva, hô-hô hô-hô enquanto fornicas
bundeiramente as tuas mulheres cantando chutando a bola, que
pepinão seo Silva na tua rodela, tuas pobres junturas se rompendo, entregando teu ferro, teu sangue, tua cabeça, amoitado,
às apalpadelas, meio cego cedendo, cedendo sempre, ah Grande
Saqueado, grande pobre macho saqueado, de bruços, de joelhos,
há quanto tempo cedendo e disfarçando, vítima verde-amarela,
amado macho inteiro de bruços flexionado, de quatro, multi-
plicado de vazios, de ais, de multi-irracionais, boca de miséria,
me exteriorizo grudado à minha História, ela me engolindo, eu
engolido por todas as quimeras.
machucou-se?
nem um pouco
Trêmulo me levantando, eu Axelrod me levantando porque o
Grande Saqueado deixo ali de bruços, descola-te de mim, eu
sozinho sou mínimo, alavancas do sonho, as impossíveis para te
levantar, ideias palavras abstrações textos dialéticas, impossíveis
alavancas de sonhos impossíveis, beijo-te as nádegas, brasilíssima
fundura, teus gordos aparentes, beijo lívido tua escura saqueada
rodela, te pranteio
me dá tua mão Axel
A mão do moço, pesada, curta, seca, não está em emoção, a palma
toca a minha, molhada, a voz num tom de sacristia, baixa respei-
tosa, me dá tua mão, Axel, (comeu-me o sufixo, não importa)
talvez me veja um pouco abade, abacial, tenho ares de, apesar
da magreza, abade Axelrod, ali vai Axel o abade, amanhã ven-
trudo, tropeçou, vê só, me dá a tua mão, Axel, que tons, como

se os turíbulos tivessem passado há um segundo, como se eu lhe tivesse dado escapulários, obrigado abade Axel, posso lhe beijar a mão? vou me levantando inteiro abade, curvado vou me fazendo, tento chamar a velhice, fazer ares de, quero ser velhíssimo neste instante, e agachado correndo, num urro senil estaco. E numa cambalhota despenco aqui de cima, nos ares,
morrendo, deste lado do abismo.

Posfácio

Mover a margem do ser

Júlia de Carvalho Hansen

Ao terminar de ler este livro de Hilda Hilst, minha impressão foi a de ter atravessado fronteiras, embora nunca tenha deixado claramente um território e entrado em outro. As personagens dessa tríade de narrativas parecem existir no limiar entre uma coisa e outra. Tadeu e Rute estão na iminência de uma ruptura. Matamoros é apaixonada por uma fantasia sem divisa clara entre imaginário e realidade. Ao acreditar que é capaz de controlar a racionalidade, Axelrod não vê o limite e se mata de tanto raciocinar. Todas essas personagens parecem remeter à inquietude de estar em si mesmas, que é tão bem indicada na síntese do título: *Tu não te moves de ti*. Um tanto angustiadas, aprisionadas nas condições da sua história, elas se movimentam através do que narram. São vozes convivendo com frustrações que não conseguem resolver, mas que procuram alguma compreensão que possa ser partilhada através das palavras.

Eu passava uns dias de férias em Alter do Chão, na Amazônia paraense, quando me peguei pensando sobre isso. Observava o imenso rio Tapajós à minha frente enquanto relia uma das primeiras frases deste livro: "[...] como se um rio grosso encharcasse os juncos e eles mergulhassem no espírito das águas" (p. 11). Tinha acabado de conhecer duas pessoas para quem o nome de Hilda Hilst dizia pouco ou nada, quando uma delas me perguntou: "Mas sobre o que é o livro a respeito do qual você está escrevendo?". Falei de Tadeu e Rute, do desencontro entre eles, contei que Tadeu é um escritor em potencial que sofre pela vida de sucesso empresarial e que Rute é mais superficial. Quando começava a explicar as paixões de Matamoros, acabei por me deter. As palavras caíam vazias da minha boca. Não porque a fantasia do desejo, pendurada no limiar entre o êxtase e o nojo, encontrasse qualquer pudor em quem me ouvia, mas porque, quanto mais eu falava, mais sentia que ia desaparecendo o que era dito. As pessoas me observavam com o olhar do *ahn?*. E logo me calei. Para ser eficaz, minha resposta deveria ter sido: "É um livro sobre atravessarmos a vida sem entender o que nos está acontecendo, sobretudo enquanto nos acontece".

Já próxima ao fim da sua vida e se dizendo sem vontade alguma de escrever, Hilda Hilst, na entrevista que concedeu para o número que trata da sua obra do *Cadernos de Literatura Brasileira*, afirma: "Eu não sinto que esteja num mundo que seja o *meu* mundo. Devo ter caído aqui por acaso. Não entendo por que fui nascer aqui na Terra. Com raríssimas exceções, não tenho nada a ver com este mundo".[1] A inadequação biográfica relatada pela poeta parece formar uma latente constância também nos seus textos. Fosse na vida, fosse na escrita, minha hipótese é que Hilda Hilst habita um território de fronteira; seus textos se fazem num entrelugar, entre aqui e lá, vida e morte, realidade e loucura, corpo e espírito etc. No entanto, quando nomeio isso em linguagem, tendem a aparecer binarismos que sua escrita dissolve. Afinal, o limiar é onde o duplo é um mesmo lugar.

A prosa de Hilda Hilst não é um espaço ameno ou de confortável entretenimento. Talvez seja por isso que, quando a leio, me sinto convocada a um esforço: a estar bem atenta ao que acontece nas sensações e nos humores, a tentar pelo menos reconhecer o que os enigmas do texto convocam a experimentar.

Taxada de difícil, às vésperas do lançamento da primeira edição de *Tu não te moves de ti* Hilda concede uma entrevista a Léo Gilson Ribeiro. Na primeira pergunta, o crítico a questiona sobre o que acha de ser chamada de "autora hermética". Hilda responde:

> [...] é que nenhum escritor se senta e diz: "Agora vou escrever um trabalho hermético". Isso é uma loucura. Isso simplesmente não existe! O que existe é que eu escrevo movida por uma compulsão ética, a meu ver a única importante para qualquer escritor: a de não pactuar. Para mim, não transigir com o que nos é imposto como mentira circundante é uma atitude visceral, da alma do coração, da mente do escritor. O escritor é o que diz "Não", "Não participo do engodo armado para ludibriar as pessoas". No

[1] *Cadernos de Literatura Brasileira: Hilda Hilst*, São Paulo: Instituto Moreira Salles, n. 8, pp. 32-3, out. 1999.

momento em que eu ou qualquer outro escritor resolve se dizer, verbalizar o que pensa e sente, expressar-se diante do outro, para o outro, o leitor que pretende ler o que eu escrevo, então o escrever sofre uma transformação essencial.[2]

É certo que a poeta escrevia contra a esterilidade normativa que por vezes habita romances e contos. Ela também é capaz de anestesiar consciências e mentalidades, normas que marcam regras basilares e silenciosas nos acordos tácitos entre as pessoas. Hilda Hilst produzia atritos nas expectativas, implodindo-as. Suas narrativas não partem de pressupostos de que contar uma história envolva criar um começo, um meio e um fim. Os temas dos seus textos muitas vezes tocam em teores delicadíssimos, como, por exemplo, a sexualidade infantil. É curioso que, mesmo nas suas pesquisas místicas, Hilda parece não corresponder à ideia de que as respostas de cunho espiritual possam estabilizar a vida através de entendimentos que completem a existência. Os sentidos são provisórios, não há estabilidade. Assim, o que me parece mais interessante na força do desconhecido e do inominável na sua obra é justamente a convivência com o que permanece oculto. Em *Tu não te moves de ti*, observamos limiares de lampejos e luzes que o desvendam, mas o mantêm como ele é: oculto. Talvez, mais do que a revelação, interesse à autora o contato constante com o desconhecido.

Será que há diferença no modo como a potência do enigma se apresenta na poesia ou na prosa da autora? Fórmulas de contração e expansão, nos poemas de Hilda os enigmas operam

---

[2] Léo Gilson Ribeiro, "*Tu não te moves de ti: Uma narrativa tripla de Hilda Hilst*". In: Cristiano Diniz (Org.), *Fico besta quando me entendem: Entrevistas com Hilda Hilst*. São Paulo: Globo, 2013, p. 56.

como forças de coesão, ou mesmo de imantação, em que sentidos ocultos se atraem, eclodem e, por vezes, se estabilizam. Os versos têm sempre a particularidade de se estruturar com pausas, silêncios que abrem espaços e, assim, a concentração formal de um poema torna a experiência do enigma uma espécie de porto de chegada, ou mesmo de bálsamo de solução. Não necessariamente porque o enigma se resolve na poesia, mas porque, através da pausa e do intervalo, um campo de efeitos se estabiliza por instantes. Quando a poeta transporta o enigma para a escrita em prosa, o que acontece?

Como aquilo que se transforma nunca é estanque, também são instáveis os seres falantes de *Tu não te moves de ti*. Não é simples nomeá-los. Não chegam a formar personalidades, mas são certamente vozes, pulsando palavras. Sabemos como se chamam, entramos na intimidade dos seus medos, mas pouco sabemos quem são, onde estão ou por que nos contam o que contam. São estranhos nos mostrando o que buscam.

Com algo de similar às personagens de Samuel Beckett, os seres de *Tu não te moves de ti* resvalam na animalidade, parecem viver como um cão farejador. Estão presentes no imediato e erguem pouco o focinho. É como se esses seres que resvalam no humano tivessem uma particular capacidade de visão que não é capaz de ver tão longe. Quer dizer, um cão enxerga pouco além do que está à sua frente, mas seu olfato acessa distâncias e tempos longínquos. Na minha convivência com os bichos, percebo que eles têm bastante memória. No entanto, a maneira mais fácil de distrair um cachorro de algo que você não quer que ele faça é apresentar outra coisa diante do seu focinho. Funciona. É como se nestas narrativas as personagens-nomes farejassem o que surge no imediato. Farejam palavras que as levem a encontrar o que narram. Mas o que é narrado é o que existe na ponta do nariz do acontecimento, levantam-se carcaças, aparecem indícios de sinais de outros tempos.

"Eu sinto uma vontade insuperável de dar ao outro que vai me ler, espero, uma grande abertura de intensidade."[3] Como um penhasco entre o que se busca e o que ainda não compreendemos, a escrita salta de uma margem à outra, sem cair. Lá embaixo, o risco; no fundo, é a queda no que já se conhece. E Hilda Hilst nunca tem interesse em cair no conhecido. Talvez por isso essas personagens pareçam um tanto dependuradas nas suas histórias, como se estivessem à beira de um precipício, o precipício da existência. Ou melhor, como escreve Eliane Robert Moraes: "Trabalhando nas bordas do sentido, ela vai colocar a linguagem à prova de um confronto com o vazio no qual o eterno confunde-se irremediavelmente com o provisório e a essência resvala por completo no acidental".[4]

Se hoje é evidente que Hilda Hilst tem na literatura um lugar de legitimidade muito próprio, é porque não topou recuar ao articular o que lhe interessava. Os subtítulos das três partes — "da Razão", "da Fantasia" e "da Proporção" — nomeiam meios através dos quais a abstração do pensamento tenta contornar a realidade. Estudiosa dos percursos científicos da filosofia e da física no século XX, a escritora disse: "O que eu quero é uma junção do misticismo com

[3] Ibid., p. 57.
[4] Eliane Robert Moraes, "Da medida estilhaçada". *Cadernos de Literatura Brasileira: Hilda Hilst*, São Paulo: Instituto Moreira Salles, n. 8, pp. 32-3, out. 1999.

a ciência".[5] Sua escrita tem um *quê* de campo de pesquisa. É uma concatenação complexa de teorias e conceitos rebuscados somados a noções bem básicas e absolutamente pragmáticas da vida. A poeta pesquisava práticas místicas ancestrais das mais variadas (como a alquimia ou a astrologia), mas também teorias científicas, matemáticas e filosóficas da sua época (era leitora de Einstein e Husserl, apaixonada por Wittgenstein). Junto desse panorama mental elaborado, e que Hilda considerava com total seriedade, se combinam simples observações da vida, do corpo, da Terra, dos bichos. O tempo da carne é o da putrefação: a matéria está em constante assimilação por si mesma, e os pequenos detalhes, se forem vistos com atenção, são, na verdade, enormes. Criticada por não ser compreensível, a quem dizia que seus textos em prosa eram difíceis, a escritora respondia: "Meu deus! é o processo da vida que é tão complexo!".[6]

No cabeçalho da já citada entrevista, Léo Gilson Ribeiro escreve a respeito de *Tu não te moves de ti*: as "três personagens, Tadeu (da Razão), Matamoros (da Fantasia) e Axelrod (da Proporção), reproduzem aquela confluência einsteiniana de que, vistos à distância, o presente, o passado e o futuro coincidem como uma só ponta no infinito".[7] Imagem de semelhante confluência de tempos é a síntese da capa da sua primeira edição. A ilustração do seu grande amigo Mora Fuentes mostra três rostos formando um só núcleo. No interior desse núcleo se vê uma pirâmide dentro de outra pirâmide, e que também é um trilho de trem. Cada face

---

[5] Cristiano Diniz (Org.), op. cit., p. 62.
[6] Cito a frase do documentário *Elas no singular*. O primeiro episódio da série trata de Hilda Hilst e tem direção de Fabrizia Pinto.
[7] Cristiano Diniz (Org.), op. cit., p. 55.

provavelmente representa uma das narrativas. As três reunidas são como uma síntese da complexidade deste livro: o que está separado também é unido. A junção geométrica e abstrata da imagem tem algo de iniciático. Afinal, a pirâmide é um símbolo místico de concentração de energia e de ascensão espiritual. Por sua vez, o trem parece ser uma analogia do movimento, repetido diversas vezes em uma frase constante de *Tu não te moves de ti*: "Pra onde vão os trens meu pai?" (pp. 7 e 102). No desenho de Fuentes há a sugestão de que esse movimento é interno. Como um prisma, a união das três histórias tem um núcleo em que cada um dos seus lados se toca pelo avesso — esse avesso que não é o contrário, mas aquilo que, embora presente, não conseguimos ver.

É que existem diversos fios sutis que fazem as narrativas se interligar. Na trama, por exemplo, Axelrod chama Haiága de tia, que por sua vez é mãe de Matamoros, que é encantada por Meu, também nomeado como Tadeus, um plural de Tadeu, o personagem da primeira parte. Provavelmente, se procurássemos, os fios se multiplicariam. De tão frouxos, encontraríamos um novelo, e não uma árvore genealógica ou um labirinto.

Enquanto elaborava este posfácio, entrevistei Jurandy Valença a respeito da época em que ele e Hilda Hilst moraram juntos.[8] Ele me contou de um período de cerca de dois anos, no começo dos

---

[8] Agradeço ao Jurandy Valença por sua gentileza em me conceder a entrevista. Ele e Hilda Hilst se conheceram no final de 1990, e em março de 1991 a poeta o convidou para morar com ela e ser seu assistente pessoal na Casa do Sol, onde Valença viveu até 1994. Anos mais tarde, entre 2012 e 2014, Jurandy Valença foi diretor do Instituto Hilda Hilst.

anos 1990, em que os dois se alimentavam quase exclusivamente de miojo. Priorizavam a alimentação dos cerca de sessenta cachorros que habitavam a Casa do Sol. Certamente essa privação acontecia não por opção, mas por falta de dinheiro. Na ocasião, a bolsa de apoio que a Unicamp forneceu por anos para a escritora havia sido cortada, e quando, num acontecimento raro, Hilda recebeu um cheque de direitos autorais, o valor era equivalente aos nossos atuais cem reais.

Quando relato essa história, quero também acentuar o quanto me parece expressiva a velocidade em que a obra de Hilda Hilst foi catapultada para o lugar do reconhecimento. E que, cabe dizer, tal prestígio era almejado pela autora enquanto estava viva. Em menos de três décadas, seus livros foram lançados na projeção do sucesso midiático das homenagens em festas literárias, das publicações por editoras e instituições com grande circulação. A fama de Hilda Hilst, talvez até mais da sua imagem do que dos seus próprios livros, se tornou fetiche de culto e por vezes até souvenir. Muito provavelmente estamos só começando a ver o arco do alcance que sua obra ainda terá.

Responsável pela organização e edição de toda a obra de Hilda Hilst pela Editora Globo no início dos anos 2000, o professor e crítico literário Alcir Pécora chamou o processo crescente de fama da autora de uma "tempestade perfeita". Quer dizer, devido a uma série de condições e fatores combinados, se produziu uma disrupção do estado da recepção de Hilda Hilst no ambiente da circulação de literatura no Brasil.[9] Entre eles, o crítico nomeia

---

[9] "Eu diria, portanto, que uma tempestade perfeita, composta por ao menos cinco elementos heteróclitos, de valor diverso, sem nexo necessário entre si, levou Hilda Hilst ao centro do cânone e da discussão literária no Brasil, quais

o avanço da abrangência dos estudos culturais que aproximam a obra da autora ao sexo e gênero "mulher" de Hilda Hilst. De fato. Esse é um ponto um tanto complexo e até mesmo delicado da sua recepção contemporânea. Em entrevistas e relatos, a escritora não se dizia particularmente simpática à representação da mulher como um corpo social de resistência ou mesmo de admiração:

> [...] a senhora D, aliás, foi a única mulher com quem eu tentei conviver — quer dizer, tentei conviver comigo mesma, não é? As mulheres não são assim tão impressionantes [...]. Eu tenho uma certa diferença com as mulheres, porque sinto que elas não são profundas. Eu tenho um preconceito mesmo em relação à mulher.[10]

Não deixa de ser um tanto irônico que em parte o processo de ascendente sucesso que Hilda Hilst tem no contemporâneo venha não somente da sua inegável preciosidade literária, mas também da luta de feministas dentro das práticas de troca e circulação. Essas lutas exigem a apropriação urgente e necessária dos meios de circulação da literatura pelas escritoras. Embora nunca se considerasse feminista e nem mesmo fosse afeita a admirar

---

sejam, em termos aproximados: a boa edição e a ampla disponibilidade de sua obra no mercado nacional; a discussão crítica travada contra a absolutização da teleologia modernista; o avanço crescente dos estudos de gênero no Brasil; e a própria morte da autora, a qual, assim, deixava de manifestar a sua presença incômoda, sempre surpreendente e escandalosa, que não animava os professores, quase sempre assustadiços e pudicos, a se aproximar de sua obra." Alcir Pécora, "Notas sobre a fortuna crítica de Hilda Hilst". In: Cristiano Diniz, *Fortuna crítica de Hilda Hilst: Levantamento bibliográfico*. Campinas: Unicamp; IEL, 2018, p. 12.
[10] Da entrevista publicada no *Cadernos de Literatura Brasileira*, p. 30.

outras mulheres, Hilda Hilst é hoje considerada uma espécie de deusa da potência literária pelas mulheres. É entusiasmante a força telúrica que Hilda Hilst associava ao desejo, ao tesão, à latência do querer de mulheres e meninas que desejam e gozam avidamente em verbos e substantivos variadíssimos. Se não me engano, isso está presente em todos os gêneros textuais em que Hilda Hilst escreveu.

Em *Tu não te moves de ti*, as pulsações eróticas ganham forma na figura de Maria Matamoros. A personagem ainda criança entrega o corpo ao prazer do sexo com a naturalidade e a intensidade de quem saboreia frutos: "[...] a leveza do dedo nos profundos do meio, o machucado macio como dos pêssegos, aqui, a menina informava, toca-me aqui menino, como se esmigalhasses devagar uns morangos na boca" (p. 47). Mas a vivência do desejo em Matamoros não se resume a isso, porque, conforme a narrativa se desdobra, as paixões da personagem aumentam. Depois de muito gozar com os meninos, ela se apaixona por um homem misterioso, pleno, poderoso, com quem vive amores tórridos. Ele vai morar com Matamoros e a mãe dela. Depois da plenitude, Maria é tomada por crises violentas de ciúme, até que enfim descobre que sua mãe está grávida dele. No final da história, ficamos um tanto em dúvida se o erotismo vivido na narrativa foi mesmo real como pareceu enquanto era contado, ou se imaginado: será que foi uma fantasia edipiana? O que foi vivido? O que foi imaginado? É tênue esse limiar entre realidade e fantasia, seja em termos de erotismo, seja no quanto toda ficção acontece entre essas margens.

A potência do erotismo em Hilda Hilst é absoluta. E, por mais que eu mesma considere isso de uma audácia e liberdade revolucionárias, ela mesma não via bem assim: "o erótico não é a verdadeira revolução. O erótico, pra mim, é quase uma santidade. A verdadeira revolução é a santidade".[11]

Acho que não vou desistir de tentar, mas confesso que me sinto muito longe de conseguir entender o que Hilda Hilst queria dizer com "santidade", "sagrado" ou mesmo "deus". A autora (que foi notícia na televisão pela excentricidade de rastrear e gravar através de um rádio vozes dos que estão além-daqui) certamente tinha livre acesso às dobras do espaço-tempo onde os interstícios do mistério se ligam.

Suponho que muito do alcance da projeção de Hilda Hilst também se deva às suas excentricidades — afinal, a veiculação dos seus registros em vídeo combina muito bem com a internet. Desbocada, performática: o que na televisão causava estranhamento, nas mídias digitais viraliza. Ela incomodava e era ignorada, não só por ser uma mulher escritora que desejava de modo ambicioso e implacável, pois só fazia o que queria e sem nenhuma concessão, mas também porque escrevia com radical liberdade. Hoje somos capazes de admirá-la por ter mantido sua independência, com coragem e paixão dedicada pelo ofício de ser escritora. Isso, certamente, pela história que conhecemos, não foi simples.

Mesmo esse lugar da realização através da escrita não me parece ter sido exatamente confortável. É peculiar a tensão com que Hilda Hilst parece ter vivido em relação ao valor da sua obra. Em todas as entrevistas nas quais tinha a chance de falar sobre seus textos, aparentava uma autoestima radiante, chamando-os

[11] Ibid., p. 31.

no mínimo de "lindos", de "maravilhosos". Ao mesmo tempo, a escritora também fala com frequência sobre a frustração de não ser suficiente ou corretamente lida, almejando com certa ganância e bastante humor escrever livros que se tornassem best-sellers. Enquanto reclamava de que não era lida, Hilda também conta que sofria com apreciações críticas da sua obra que reproduziam a ironia violenta utilizada nos seus livros. Exemplo disso é a crítica francesa que se referiu à obscena senhora D. como uma "porca histérica"[12]

O que eu sei é que uma certa mística acompanha fenômenos de sucesso depois da morte de um artista. Pra tentar entender esses casos, são traçados paralelos sociológicos, biográficos, históricos etc. Ao falar sobre James Joyce na entrevista do *Cadernos de Literatura Brasileira*, Hilda Hilst diz: "O interesse por uma obra assim pode demorar uns cinquenta anos. Quando você chega a fazer uma revolução, demora; a aceitação chega a demorar meio século ou até mais".[13] Essa compreensão tem a ver com uma visão do escritor como alguém que é, antes de tudo, um agente de libertação do tempo, um ativador de rupturas da normalidade, aquele que promove a instauração de algo novo. Uma visão moderna, certamente. Às vezes me pergunto se a paixão de Hilda Hilst pelo sagrado e sua busca incessante por deus não se aproxima desta função que ela via na arte: o encontro de um agente disruptor que promove plenitude, mas também cria fendas no tempo.

Há também a ideia com a qual Hilda Hilst possivelmente concordaria, e que aparece resumida em uma frase de Cesare Pavese: "Os verdadeiros poetas são profetas". Quer dizer, através

---

[12] Hilda fala disso na entrevista do *Cadernos de Literatura Brasileira*.
[13] Ibid., p. 29.

da linguagem poética se acessa o futuro. Ou, melhor dizendo, o limiar é um lugar dos poetas que traçam livres trânsitos entre as diversas dimensões do tempo.

Quando leio os relatos de Hilda contando da esquizofrenia do pai, Apolônio de Almeida Prado Hilst, por quem era completamente apaixonada e a quem dedica toda a sua literatura, me lembro do episódio célebre entre James Joyce e Carl Jung a respeito da esquizofrenia da filha de Joyce. O escritor mostra para o psicólogo alguns escritos de Lucia. Perguntado se não são parecidos, Jung responde: "Mas, onde você nada, ela se afoga".

O que não contei no começo deste texto é que nadei no rio Tapajós, ensimesmada pela coloração da água: indício de que o garimpo a cerca de duzentos quilômetros dali está matando a vida dos peixes, do rio e das comunidades ribeirinhas, pois suas águas estão sendo incessantemente poluídas por mercúrio. Nadando ali, eu não seria contaminada; afinal, um metal pesado tende a ir ao fundo. Mas o mundo... Fiquei triste e cheia de revolta. Como num sinal, voltei a conectar o 3G no celular, quando recebi uma das respostas do Jurandy Valença para a entrevista que fiz com ele. Eu lhe perguntara o seguinte: "E esse título impressionante? Ela falava algo sobre ele?". Valença me contou que Hilda Hilst associava o título *Tu não te moves de ti* à célebre frase de Heráclito: "Ninguém pode entrar duas vezes no mesmo rio, pois quando nele se entra novamente, não se encontram as mesmas águas, e o próprio ser já se modificou".

Lançado em 1980, *Tu não te moves de ti* é o primeiro livro em prosa publicado por Hilda Hilst após desistir de gravar o que escutava através de um rádio e atribuía a outras dimensões do oculto, ou mesmo dos mortos. Ela encarava esses registros como uma pesquisa de imenso valor, projeto que começou em 1974 e acabou em 1979. Nesses anos, a autora viveu um período praticamente sabático em relação à escrita. Sua prioridade era buscar as vozes em frequências intermédias entre as estações de rádio, enquanto também caminhava pela sua casa e seu jardim. Passava muito tempo procurando e por vezes encontrava mensagens.

A impermanência da sintonia, que de repente encontra uma frequência até se dissipar em outra, parece ter sido transposta para a escrita de *Tu não te moves de ti*. Repentinamente encontramos algum entendimento que logo desaparece e se metamorfoseia. Como quem busca por sinais numa frequência instável: são indícios, vestígios, passagens. Em transformação. Escrita que contém o movimento e mantém a dúvida: "Pra onde vão os trens"?

Sobre a autora

Filha do fazendeiro, jornalista e poeta Apolônio de Almeida Prado Hilst e de Bedecilda Vaz Cardoso, Hilda de Almeida Prado Hilst nasceu em Jaú, São Paulo, em 21 de abril de 1930. Os pais se separaram em 1932, ano em que ela se mudou com a mãe e o meio-irmão para Santos. Três anos mais tarde, seu pai foi diagnosticado com paranoia esquizoide, tema que apareceria de forma contundente em toda a obra da poeta. Aos sete anos, Hilda foi estudar no Colégio Interno Santa Marcelina, em São Paulo. Terminou a formação clássica no Instituto Mackenzie e se formou na Faculdade de Direito do Largo São Francisco, da Universidade de São Paulo.

Hilda publicou seu primeiro livro, *Presságio*, em 1950, e o segundo, *Balada de Alzira*, no ano seguinte. Em 1963, abandonou a atribulada vida social e se mudou para a fazenda da mãe, São José, próxima a Campinas. Num lote desse terreno, a poeta construiu sua chácara, Casa do Sol, onde passou a viver a partir de 1966, ano da morte de seu pai. Na companhia do escultor Dante Casarini — com quem foi casada entre 1968 e 1985 — e de muitos amigos que por lá passaram, ela, sempre rodeada por dezenas de cachorros, se dedicou exclusivamente à escrita. Além de poesia, no fim da década de 1960 a escritora ampliou sua produção para ficção e peças de teatro.

Nos anos 1990, em reação ao limitado alcance de seus livros, Hilda se despediu do que chamava de "literatura séria" e inaugurou a fase pornográfica com os títulos que integrariam a "tetralogia obscena": *O caderno rosa de Lori Lamby*, *Contos d'escárnio/ Textos grotescos*, *Cartas de um sedutor* e *Bufólicas*. De 1992 a 1995, colaborou para o *Correio Popular* de Campinas com crônicas semanais.

Entre os prêmios recebidos pela escritora, destacam-se o PEN Clube de São Paulo para *Sete cantos do poeta para o anjo*, em 1962; o Grande Prêmio da Crítica pelo Conjunto da Obra, da Associação Paulista dos Críticos de Artes (APCA), em 1981; o Jabuti por *Rútilo nada*, em 1994; e o Moinho Santista pelo conjunto da produção poética, em 2002. Hilda morreu em 2004, em Campinas.

ESTA OBRA FOI COMPOSTA POR ELISA VON RANDOW EM ELECTRA
E IMPRESSA PELA GEOGRAFICA EM OFSETE SOBRE PAPEL PÓLEN BOLD
DA SUZANO S.A. PARA A EDITORA SCHWARCZ EM OUTUBRO DE 2022

A marca FSC® é a garantia de que a madeira utilizada na fabricação do papel deste livro provém de florestas que foram gerenciadas de maneira ambientalmente correta, socialmente justa e economicamente viável, além de outras fontes de origem controlada.